TAKE
SHOBO

婚約破棄された毒舌令嬢は敵国の王子にいきなり婚約者にされ溺愛されてますがなにか?

しみず水都

Illustration
深山キリ

蜜猫
MitsunekoF

contents

イラスト／深山キリ

婚約破棄された毒舌令嬢は敵国の王子にいきなり婚約者にされ溺愛されてますがなにか？

序章

「挿《い》れるよ」

彼の言葉が聞こえて、わたしはきゅっと唇を噛《か》みしめる。

だめ、やめて。

そう返さなくてはいけないのに、何も言えず瞳を固く閉じた。

「ここに、私を挿れてもいいんだね」

指の腹でそこをなぞりながら、確認の言葉がかけられる。

わたしの蜜に濡《ぬ》れた淫唇に、彼の指がぬるぬると滑っていく。

「あぁ……」

淫靡《いんび》な官能の刺激が伝わってきた。

わたしは我慢できずに小さく声を発する。

「かわいいね。たったこれだけで、ヒクヒクと動いている」

満足そうな声のあとに、淫唇が開かれたのを感じた。

けれどそれは、これまでわたしをさんざん弄《いじ》っていた指ではない。

濡れたそこを開いたのは、熱く滾《たぎ》っている彼の太い肉だ。

淫唇を大きく開き、中に挿入ってくる。

「ん……くぅ」

挿れ始めはいつもきつい。

痛みはないけれど、太い彼の竿《さお》のせいで圧迫感に苛《さいな》まれる。

けれど、苦しいのはそれだけだ。

「どう?」

問いかける声に、わたしは無言でうなずいてしまう。

彼の竿の一番太いくびれの部分が通れば、苦しさはそこまでだ。

そのあとは、淫猥《いんわい》な熱を伴う快感がやってくる。

蜜壁の感じる箇所に、彼の竿がぴっちりと嵌《はま》っていた。

彼が腰を少し動かしただけで、そこから官能の熱が発生する。

「はぁ……い、いい……」

ため息交じりの声が出てしまう。

「挿れたばかりなのに、もう絡みついてきた」

耳元で楽しそうに告げられた。

「や……あ」

恥ずかしくてわたしは首を振る。

少し前まで純潔の乙女だったのだ。

こんなに淫らなことをされて、悦《よろこ》んではいけない。

でも……。

「こうするの、嫌？」

彼が小刻みに腰を揺らし、竿先で蜜壺の奥を突いてきた。

それだけで、身体に快感が巡ってくる。

「ああ、い、いい……」

わたしは喘《あえ》ぎながら、彼の首にしがみついた。

「ふふ。素直だね」

はしたないわたしを見て、嬉《うれ》しそうに彼が腰を動かす。

「あ、あぁ……んっ、中が……感じて」

わたしはもう、彼のなすがままだ。

仰向《あおむ》けで両膝を開いたあられもない姿で、彼の竿を受け入れている。

「はぁ、いい……もっと」

とても恥ずかしい状態なのに、わたしは歓《よろこ》びの声を上げていた。

「もっと、奥に挿れる?」
彼からかけられる言葉に素直にうなずいてしまう。
なぜ?
どうして彼のなすがままなの?
これまでのわたしとは違う。
彼の腕の中に、別の自分がいた。

第一章　婚約破棄は悪夢の始まり？

公爵令嬢のヴィオレッタ・マーロウは、午後のカフェでお茶を飲んでいた。貴族の子弟が学ぶメルサナ貴族学院の、上級貴族専用のカフェである。身分の高い学生が集まっている特別な場所に、乱暴な足音が響いてきた。カフェの扉が開き、豪奢《ごうしゃ》な貴族服を纏《まと》った王太子のロドリゲスが入ってくる。

「ヴィオレッタ！　今日という今日は許さないぞ！」

ロドリゲスは茶色い髪を逆立て、激昂《げっこう》しながら指をヴィオレッタに突きつけた。

「人を指で差すなんて……」

ヴィオレッタはため息交じりに見上げる。

「なんだと？」

眉間に皺《しわ》を寄せてロドリゲスが睨《にら》みつけた。

「お　下　品　ですわ。王太子殿下」

王太子からきつい視線を向けられてもものともせず、ヴィオレッタは笑みを浮かべて窘《たしな》めている。輝く銀色の髪と宝石のようなラベンダー色の瞳を持つヴィオレッタは、公爵令嬢にふさわしい豪華さと品位を漂わせていた。

「お、おまえのそういう嫌みなところに、我慢がならないんだ」

ロドリゲスは人差し指を収めると、拳を握り締めて言い返す。

「殿下はいずれ国王となるお方、そしてわたしは王妃として並ぶ立場です。もっとどっしりと構えて、品位を保つようになさらないと」

冷たい視線を向けてヴィオレッタが言い放つ。

「うるさい。僕を馬鹿にするな！　いや、今は僕のことよりも、シェリーのことだ！」

はっとしたあと、ロドリゲスは叫んだ。

「シェリー？　ああ、下級貴族の娘ね」

ヴィオレッタは視線を横に滑らせる。ロドリゲスの隣に、小柄な少女が立っていた。赤毛を大きなリボンで二つに結び、バラ色の頬《ほお》とサクランボのような唇が目を引く。誰が見てもかわいらしいという表現がぴったりな少女である。

ヴィオレッタのラベンダー色の瞳に見据えられ、シェリーは震えながらロドリゲスの後方に隠れた。

「今朝シェリーに、見苦しいから廊下にいるなと言ったそうだな？」

「ああ、あれは……上級貴族専用サロンの廊下に立つ身分違いの娘に、ここで娼婦《しょうふ》のように立っているのは見苦しいから出て行きなさいと言っただけですわ」

困った娘だわという風にヴィオレッタは首を横に振った。

「しょ、娼婦だと？　シェリーは僕がサロンから戻るのを待っていただけだ。それなのに嫌みを言って追い払うだけでなく、娼婦とまで言うとは！」

ロドリゲスは更に激昂する。

「あんなところで待たずに、サロンに行けばよろしいではないですか」

「わ、わたくしは、サロンには行けません」

シェリーが小声で訴えた。

「サロンは上級貴族以外に入ってはならないから、廊下で待つしかなかったんだよな？」

ロドリゲスがうつむくシェリーの背中に、そっと手を当てて慰める。

王族や重臣の子女が集まる学院内では、国家機密に匹敵する会話が交わされることがある。上級貴族用のサロンでは、機密保持のために身分の低い者が近寄るのを禁じていた。

「立場がわかっているのなら、一般学生用の食堂で待っていればいいのよ」

当然でしょというふうにヴィオレッタが返す。

「僕は、この上級貴族用のカフェでシェリーと過ごしたかったんだ」

上級貴族と一緒でないと下級貴族の娘であるシェリーは入ることができない。

「だからと言って、下級貴族の娘をあんなところで待たせるなんて……身分不相応な者とおつきあいなさるのは、そろそろ控えた方がよろしいのでは?」

　ロドリゲスの答えを聞いて、ヴィオレッタは大きくため息をついた。

「お、おまえになどに言われたくない!」

「わたしは将来の王妃ですわ。将来の国王のためを思っての忠告です。遊び女《め》とのお付き合いは、深入りせず節度を持ってください」

「わ、わたくしは遊び女などでは」

　シェリーが青い顔で首を振る。

「上級貴族の男性に媚《こ》びを売って、愛妾《あいしょう》の座を狙っているのでしょう? なんていやしいんでしょう。わたしに話しかけないで」

　しっしっと手で払う仕草をした。

「ひ、ひどい……」

　シェリーの大きな瞳から涙が溢《あふ》れ出る。

「なんてひどいことを言うのだ。もういい。おまえの毒舌にはうんざりだ」

「毒舌? 身分をわきまえなさいという忠告ですわ」

　ヴィオレッタは冷静に告げた。

「いいや、忠告などではない。嫌みだ。どんなに身分が高くとも、おまえのような毒舌の王太子妃などまっぴら御免だ」

ロドリゲスはシェリーの肩を抱き寄せる。

「僕はシェリーのような純粋で優しい女性を王太子妃にする。よって、おまえとの婚約は、破棄だー！」

大声でロドリゲスが言い放った。

「は？　純粋？　婚約破棄？　何をおっしゃっているの？」

首をかしげてヴィオレッタは問いかける。

「聞いての通りだ」

「冗談にしては程度が低すぎますわ」

ばかばかしいとヴィオレッタは首を振った。

「冗談などではない！　本気だ！」

ロドリゲスはシェリーと離れると、ヴィオレッタの正面に立つ。

「そのような戯《ざ》れ言《ごと》、承諾いたしかねます」

ヴィオレッタはロドリゲスを見上げた。

「おまえに拒否する権利などない。僕が王太子なんだからな！　とにかく婚約破棄だ！　その首飾りを渡せ！」

ヴィオレッタが付けている首飾りを指す。王太子妃の首飾りと呼ばれている黄金とエメラルドで仕立てられた豪華なものだ。いずれ王太子妃となるヴィオレッタに、ロドリゲスの母親である王妃から婚約時に贈られたものである。

「わたしにこれを……殿下に返せと?」

正式に婚約破棄をするということだ。

もしここが王城であったなら、宰相や重臣たちが直ちに止めるだろう。マーロウ公爵家は王家に多額の資金を貸し付けている資産家だ。公爵家の援助がなくては王家は立ち行かない。

しかしながら、ここは王城ではなく貴族の学院内である。一番偉いのは王太子のロドリゲスで、誰も彼に逆らえない。

「わかりました」

ヴィオレッタは立ち上がる。上質なドレスを纏ったヴィオレッタは、すらりとしており威厳に満ちていた。ロドリゲスを一瞥《いちべつ》すると、ゆっくり首の後ろに手を回す。

首飾りの留め金が外れる音がカフェに響いた。

「ヴィオレッタさまが首飾りを外したわ」

「本当に婚約破棄を?」

「将来の王妃になるのではなかったの?」

それまで笑って見ていた貴族の女性たちが、驚きの声を上げる。事態の深刻さに気づいたようだ。

だが……。

「さすが王太子殿下！」

「毒舌令嬢にぴしゃりと言うとは！」

「ざまあみろだな」

男性たちで驚く者はいなかった。感嘆の声を発してロドリゲスを讃《たた》え、ヴィオレッタを嘲笑している。

「後悔なさっても知りませんよ」

周りのざわめきに目もくれず、ヴィオレッタは首飾りをロドリゲスに差し出した。

「ふん、後悔なんかするわけないだろう。ああせいせいした。これからはかわいくて優しいシェリーと楽しく過ごせる」

ヴィオレッタから首飾りをひったくると、ロドリゲスはシェリーの首に付けた。

「これからは君が僕の婚約者だよ」

細いシェリーの首に、ゴージャスな首飾りが煌《きら》めいている。

「まあ、宝石がいっぱい……なんて綺麗《きれい》なのかしら」

シェリーが目を輝かせながら自分の胸元を見下ろした。

「まったく似合わないわね」

呆《あき》れ顔《がお》でヴィオレッタはシェリーを見る。

「まだそういう嫌みを言うのか！　これまでは僕の婚約者なのだからと大目に見ていたが、これからは容赦なく罰を与えるぞ！」

ロドリゲスが怒って言った。

「その首飾りは、将来王妃となる者が重責を担うことを覚悟して付けるものよ。そんなことも
わからない下級貴族の娘に、似合うわけがないじゃない」

ヴィオレッタは立ち上がる。

「ふんっ、婚約破棄された負け犬令嬢のくせに」

口汚くロドリゲスが言い返した。

「これからは俺たちに大きな口を利けなくなったな」

ロドリゲスの取り巻き男子たちからも、失礼な言葉を投げかけられる。

ヴィオレッタは男子生徒たちに顔を向けると……。

「いくら学生とはいえ上級貴族の子弟なのだから、こんなところで遊びに興じていないで、国
のためになることをすればいいのに……」

彼らにも冷たい視線を向けた。

「な、なんだと」

「たかが公爵令嬢のくせに」

「もう俺たちと身分が変わらないのだから、毒舌が過ぎるとただではおかないぞ」

上級貴族の令息たちがヴィオレッタに噛みつく。

「どうただではおかないのかしら?」

すぐさま声を発した者へ問いかけた。

「そ、それは、貴族管理院に届けて侮辱罪に問うとか、だ」

太めの青年がおずおずと答える。ヴィオレッタの迫力のある睨みに気圧《けお》されたようだ。

「国の事も考えず、カフェで遊び惚《ほう》けていたのを窘《たしな》められ、侮辱されましたって?」

くすっと笑いながらヴィオレッタは返す。

「くっ、うるさい。俺たちは平和主義なんだ」

太めの青年が言い返した。

「平和主義ねえ……。その平和はどうやって守っているのかわかっているのかしら? 我が国の防衛力がどの程度なのか、殿下はおわかりなのですよね?」

ヴィオレッタはロドリゲスに顔を向けた。

「え……わかっているさ」

ぎくっとした表情を浮かべたあと、ロドリゲスが答える。

「騎馬連隊の数と編成はどうなっているのかしら? わかっているのなら、答えられるわよね?」

ヴィオレッタが詰め寄った。

「うるさい! お、おまえはもう婚約者でもなんでもない、そんな者に答える義務はないだろ！」

ロドリゲスは背筋を伸ばすと、虚勢を張るように叫んだ。

「殿下、凛々《りり》しくて素敵ですわ」

シェリーがロドリゲスの腕にしがみつき、うっとりとした目で見上げている。

「そうだろう？　僕の良さは君のような素敵な女性にしかわからない。こんな毒舌令嬢とは婚約破棄できてせいせいしたよ。さあ、これからここでシェリーとの婚約記念パーティーをしよう！　好きな物を頼んでいいぞ。支払いは我がメルサナ王家にすべて任せろ」

ロドリゲスがグラスを掲げて宣言した。

「殿下！　王家の財政に余裕はございません。こんなところで無駄遣いをするのは、お控えなさいませ」

ヴィオレッタが窘める。

「婚約者でもないおまえに咎《とが》められる謂《い》われはない。無礼者、黙れ！」

怒りを露《あら》わにして、ロドリゲスはグラスをヴィオレッタに投げつけた。

「……っ！」

咄嗟《とっさ》に避けたのでヴィオレッタにグラスが当たることはなかったが、飛沫《しぶき》が顔にかかる。

「なんてことを……」

床に落ちて粉々になったグラスをヴィオレッタは見下ろす。

「目障りだ。どこかに失《う》せろ！」

ロドリゲスが命じた。

「そうだそうだ」

「出ていけヴィオレッタ！」

貴族の青年たちも追随する。

「何を言っても無駄なのね……」

ヴィオレッタは手で顔を拭いながら溜息《ためいき》をついた。

「さあ僕たちは平和のために婚約パーティーをしよう」

浮かれたロドリゲスの言葉に背を向け、ヴィオレッタは立ち上がる。

庭に面した扉から外に出た。

（どうしようもないわね……）

自分が口うるさいのはわかっている。けれどそれは、ロドリゲスやメルサナ王国のことを思ってだ。

「まあ、ちょっと口が過ぎたかもしれないけど……」

うつむいてつぶやく。

「そうだね。あんなに言うことはなかったね」

横から声がした。

「なっ」

びっくりして顔を向けると、見たことのない青年が立っている。

「あなたはだあれ?」

背の高い青年だ。羽根飾りの帽子を被っていて、綺麗な緑色の瞳を持っている。

「私の名はファビオ。ここへ書簡を届けに来た者です」

帽子を取って挨拶をした。サラリと金色の髪が揺れている。

「お使いの人?」

(どこかの使用人かしら……それにしては身なりがいいような?)

金ボタンにビロードの騎士服を纏っていた。腰には装飾が施された立派な剣を下げていて、革のブーツも磨かれている。使用人というより上級貴族の装いだ。

「なぜお使いの者がこの庭にいるの?」

この庭は、上級貴族用のカフェやサロンを通らないと出られない造りになっている。外からの客が簡単には入れないはずだ。

それなのにここにいることに、ヴィオレッタは怪訝《けげん》に思う。

「書簡を事務長に届けて帰ろうとしたところ、人々のざわめく声が聞こえてきて、何事かと見に来てしまいました。カフェの扉が開きっぱなしだったので……」

すんなり入れてしまったらしい。

「それで殿下とわたしとのことを、見ていたの？」

「あなたが理不尽に婚約破棄されるところは全部……」

それからヴィオレッタの後について、この庭に出たのだという。

「まあ……なんてことかしら」

みっともないところを見られてしまった。恥ずかしさとともに、部外者がカフェや庭にするっと入り込めるのは良くないと思う。

「警備兵はどこに行ったのかしら」

辺りを見回す。カフェの隣のサロンにも人影はない。しかも、庭に面したサロンの扉も半開きになっていた。あれでは誰でも出入りできてしまう。

「事務長室から正門に向かう廊下を歩いてきましたが、誰もいませんでしたよ。警備予算が削減されているとうかがっていますが？」

「ああそれで……」

ファビオの言葉にヴィオレッタは合点がいったようにうなずく。

「でも、そこは元に戻すべきだわね。いくらなんでも緩すぎる」

「あなたの話を聞き入れてもらえるのですか？」

ファビオに訊《たず》ねられた。

「……それは……」

もう王太子の婚約者ではない。そしてヴィオレッタが何を言っても、ロドリゲスは聞き入れてはくれないだろう。

「悪者になるだけなのですから、無駄なことはしない方がいいと思いますよ」

「……なぜ、少し見ていただけでそれがわかるの？」

ファビオの言っていることは当たっている。

「私は王城にも何度か届けものをしに行きました。ここと同じく、誰も真剣に物事を考えていません」

「お使いで訪れただけでわかってしまうのね……」

自分の主《あるじ》が仕えている国と王家の情けなさに、おそらくこの青年も落胆しているに違いない。

「忠告ありがとう。でも、嫌がられても言うわ。王太子妃にはならないけれど、それでもわたしは上級貴族だもの」

国のために尽くすのが義務だとファビオに告げた。

「差し出がましいことを言ってすみませんでした。あなたの気高さに敬意を払います」

帽子を胸に当ててファビオが頭を下げる。

「わたしに……敬意？」

ヴィオレッタが眉を寄せた。

「何かおかしいことを言いましたか」

顔を上げたファビオから、不思議そうに問い返される。

「……いいえ……ただ、わたしが何か言うと嫌がられるだけだったから……」

「正しいことを言っても、耳に痛い者には嫌な言葉にしか聞こえないからでしょう」

「わたしは正しい?」

驚いて聞き返す。

「国のことを考えての発言なのですから、当然です。嫌われるのをわかっていて苦言を呈するあなたの勇気には、敬服いたします」

ファビオが大きくうなずいた。

「わたしのことをわかってくれたのは、あなただけかもしれないわね……どこかの使用人でも嬉しいわ。ありがとう」

ヴィオレッタは弱々しく微笑《ほほえ》んだ。

「それでは私は、これで失礼いたします」

ファビオは一礼すると、庭からカフェに向かって歩いていく。

(どこの家の者かしら)

すらりとした後ろ姿を見つめて首をかしげる。

彼の帽子の紋章には見覚えがあるけれど、思い出せない。あとで事務長に聞いてみようとヴィオレッタは思った。

三日後。

上級貴族用の食堂で朝食を終え、廊下に出ようとした時、

「ヴィオレッタさま」

「お話がございます」

複数の女性が追いかけてきた。

「なにかしら？」

足を止めて彼女らに振り向く。

彼女たちがこの三日間、王太子から婚約破棄されたヴィオレッタを遠巻きに見ていたのは気づいている。

「このまま下級貴族の娘に王太子妃の座を渡してしまって、よろしいのですか？」

「いくらなんでも、殿下はご冗談が過ぎます！」

上級貴族の令嬢たちが次々と不満を訴えてきた。

「……よくはないけれど、わたしにはどうしようもないわ。それに、あなたがたも面白がって見ていたのではないの？」

嫌みを込めて問い返す。

「そ、それは……」

令嬢たちが表情を強《こわ》ばらせた。

「婚約破棄された時に、『毒舌令嬢の面目丸つぶれね』と、くすくす笑っていたのも聞こえていたわ」

ヴィオレッタが重ねて嫌みを返す。

「お、おっしゃる通りです。……でも、これまでは殿下の婚約者でいらっしゃったから、ヴィオレッタさまの毒舌を笑って見ていられたのですわ」

茶色い髪のマーラ伯爵令嬢が前に出て答えた。

「少し毒舌が過ぎるところもございましたが、あの殿下をお支えするには、必要悪だと承知しておりましたわ……ねえ」

少しふくよかな侯爵令嬢のエミルが同意を求めるように皆に視線を向ける。

「そうですわ」

「エミルさまのおっしゃる通りです」

その場にいた十数人の女性たちがうなずいている。

「必要悪ねえ……」

勝手なことを言うと思ったが、女性たちはヴィオレッタの言動を少しは認めてくれていたようだ。

（どこかのお使い人だけではなかったのね）

結局あれが誰なのかわからずじまいだけれど、彼を含めて自分を理解してくれている人がいることを知り、気持ちが明るくなる。

「殿下のお取り巻きの方々も、勝手ですわ。耳の痛いことを言わない女性が心地よいのは当然ですものね」

マーラ伯爵令嬢がカフェの方へしかめ面を向けた。中からは男性たちとシェリーの笑い声が響いてくる。

「遊んでばかりなのを咎める者がいなくなった途端に、ハメを外して……。今朝は朝の実習にも出ていらっしゃらなかったし」

エミルも嘆息をついた。男性貴族は剣術などの練習が、朝食前に課せられている。しかしながら、王太子のロドリゲスがサボっているので、他の者たちも同様に出てこない。

（もうどうでもいいわ……）

ヴィオレッタは食堂から廊下に出る。

毒舌令嬢だと誹謗《ひぼう》中傷を受けても、ロドリゲスのために言うべきことを言ってきた。それがすべて否定され、婚約破棄されてしまったのである。

無力感と失望感を抱えて、ヴィオレッタは廊下を歩いた。

すると……。

「……なに?」

どこかから不穏な声が響いてきた。

「あっ、あれは!」

背後でマーラが声を上げる。足を止めて振り向いたヴィオレッタの目に、マーラが廊下の窓を差して口を塞いでいるのが映った。

「どうしたというの? ……えっ?」

ヴィオレッタも近くの窓から外を見て、ラベンダー色の目を見開く。

メルサナ貴族学院は、五代ほど前の国王が使っていた旧王城が使われていた。城門や城壁はそのままで、水を湛《たた》えた堀が取り囲んでいる。

開いたままの城門に、鈍色《にびいろ》の鎧《よろい》を身に着けた兵士と思われる軍団がひしめいていた。

「あれは……まさか……」

兵たちの間に、赤地に金色の獅子《しし》が描かれた旗がはためいている。

「ドラスコス王国の旗ですわ」

エミルが声を上げた。

「ドラスコスですって?」

驚きながらも、ヴィオレッタには心当たりがあった。

ドラスコスは草原にある王国で、近年力をつけてきている。周囲の国々を次々と隷属させ、勢力を増大していた。海に面したメルサナにも侵攻してくる可能性が高まって来ている、という噂《うわさ》を耳にしていたのである。もちろんロドリゲスたちは、そんなことを微塵《みじん》も信じることはなかった。

「この旧王城を攻め落として、王城へ侵攻する足がかりにするのかしら」

もし自分が敵将であったら、当然その策で行くだろうとヴィオレッタは思う。

「どうしましょう。城門以外にも堀に板を渡されています」

「裏門に騎馬隊が走って行くわ！」

令嬢たちは窓の外を見て叫んでいる。

「ちょっと、裏門を見て！　先生たちよ！」

マーラの声に、皆が一斉に裏門を見た。教師たちが荷物を持って馬で逃げようとしている。

「先生たちの教職員棟は街道が見渡せるところに建っているから、ドラスコスの軍隊が来るのが早くわかったんだわ」

「生徒を見捨てて自分たちだけで逃げようとしているの？　ああ、あれは学院長先生だわ」

馬に跨《また》る白髪の男性をマーラが指す。

「わたしたちに知らせたら逃げ遅れるし、馬の数も全員が逃げるだけはいないものね……」

ヴィオレッタが冷静につぶやく。

「どうしましょう」

　エミルが悲壮な表情でヴィオレッタに問いかける。

「とにかく、ロドリゲスさまにお伝えして戦闘準備をしましょう」

　ヴィオレッタはドレスの裾を摘まむと、早歩きでカフェに向かった。

「きゃはははは」

「ほら、もっと回って回って」

「いやあん、そんなに速く踊れないわあ」

　カフェの中央でロドリゲスとシェリーが大騒ぎをしながら踊っている。

　ドレスが翻り、膝近くまで脚が見えていた。

「なんと色っぽい脚だ」

「短い下着を着けているんだな」

「おい、殿下の婚約者だぞ、いやらしい目で見るなよ」

「でもおまえも、さっきからずっとシェリー嬢の脚を見つめているじゃないか」

「たまらんよなー」

　男たちの下卑た話し声の中を、ヴィオレッタは突っ切る。

「お、捨てられた旧婚約者殿だぞ」

「命乞いっていうか、婚約破棄を取り消してもらいに来たのか?」

「未練たらしいなー。諦めろよ」

失礼なことばかり言う青年たちを睨《にら》み付けたかったが、今はそんな余裕はない。

「殿下！　ロドリゲス殿下！　一大事でございます！」

踊りに興じる二人に向かって、ヴィオレッタは大声で告げた。

「なんだ。うるさいな。今は婚約を祝うパーティーをしているんだ。もうおまえとは御免だよ。ここで土下座をしても、婚約破棄は取り消さない」

踊りを止めてロドリゲスがヴィオレッタにぴしゃりと言う。

「もう殿下はわたくしの伴侶ですわー」

シェリーが自分の胸にかかっている豪華な首飾りを触りながら、ロドリゲスにしなだれかかる。

「そんなこと……どうでもいいわ」

ヴィオレッタは首を左右に振った。

「どうでもいいだと？　僕の婚約と婚約者を軽んじるのか？　無礼が過ぎると牢獄《ろうごく》へぶち込むからな！」

ロドリゲスは激昂し、シェリーから離れてヴィオレッタの方に来る。

「大変なのはあちらよ！　敵が！　ドラスコスの軍勢が、攻めてきたのよ！」

カフェの窓を指してヴィオレッタは大声で告げた。

「ドラスコスが攻めて来ただと?」

ロドリゲスが片眉を上げる。

「は……ばかばかしい。僕の気を引きたくて嘘《うそ》をつくのはやめろよ」

ヴィオレッタの言葉を信じず、ロドリゲスは手のひらを上に向けて首を左右に振った。

「嘘ではないわ！　すぐそこまで来ているのよ！」

真剣な表情でヴィオレッタは訴える。

「殿下のお心を取り戻したくて、必死なのね。お可哀想に……」

シェリーが憐《あわ》れみの言葉をかけながら、両手を胸の辺りで組んだ。彼女の口の端は上がっていて、ロドリゲスから見えないように笑っている。

「もう僕の心は戻らないよ。優しいシェリーだけのものだ」

ヴィオレッタに背を向けて、ロドリゲスがシェリーのところへ戻ろうとした。

その時……。

ロドリゲスとシェリーの間を、シュッと何かが通り過ぎる。

ドスッという音とともに、カフェの壁に太い矢が突き刺さった。

矢がもう少しずれていたら、ロドリゲスかシェリーの頭部を貫通していただろう。

「うわわわわわわわ！」

事態を理解したロドリゲスは、腰砕けになって床に尻もちをつく。

「きゃあああああ！」

同じくシェリーも頭を抱えて床にしゃがみ込んだ。

「しゅっ、襲撃だ！」

「ドラスコスの軍隊が本当に攻め込んで来ている！」

近くにいた貴族の青年が、窓を見ておののいている。カフェの向こうの庭に、敵の軍隊がどんどん増えていった。隣のサロンの扉が全開になっていて、そこから入り込んでいる。

「そんな馬鹿な！」

「ど、ど、ど、どうすれば？」

ロドリゲスを中心に、男たちはオロオロしている。

「すぐに応戦するのよ！　同時に防御の態勢を整えて！」

ヴィオレッタの言葉を聞き、ロドリゲスが辺りを見回す。

「応戦と言っても、武器などないぞ？」

「お、俺たちの鎧はどこにあるんだ？」

「兵も十数人の衛兵しかいないぞ」

不審者対策のために配置されているだけで、敵軍に対峙《たいじ》できる兵数ではない。

「そんな……っ！　わたくしたちはどうなるの？」

シェリーが両頬に手を当ててロドリゲスに問いかける。

「どうなるって……それは……」

言葉に詰まったあと、ロドリゲスは首を振った。

そして……。

学院内になだれ込んできたドラスコスの大軍により、メルサナ貴族学院はあっという間に制圧されてしまったのである。

第二章　消滅と支配と

王太子のロドリゲスとメルサナの上級貴族の男子生徒たちは、ドラスコス軍に捕らえられた。荒縄で縛られ、鎖で繋《つな》がれてカフェの床に座らされている。

カフェにいた女性たちも、壁際で震えながら立っていた。

「ふん、抵抗もできずに捕らえられるとは、情けない奴《やつ》らだ」

カフェに入ってきたドラスコス軍の中でひときわ立派な鎧をまとった男が、蔑みの言葉を発しながら前に出る。

「俺さまは将軍のグレイブルだ」

恰幅《かっぷく》のいい男は偉そうに胸を張った。彼は太い剣を腰に携え、凶悪な顔つきをしている。

「ふ、不意打ちで攻め込んでくるのは、卑怯《ひきょう》だぞ！」

ロドリゲスが弱々しく抗議した。

「なんだと？」

グレイブルがロドリゲスをギロリと睨《ね》めつける。迫力のあるグレイブルの眼《め》力に、ロドリゲ

ス と周りにいる男子生徒たちはびくっと肩を震わせた。

「俺さまに口答えをする資格はおまえにはない。そもそも、攻め込まれるようなことをするからだ」

ふんっという感じでグレイブルはロドリゲスに剣を向ける。

「あわわわ、わ、我が国は……何もしておらぬぞ」

「そ、そうだ。そうだ」

「攻め込まれる……い、謂われはない」

ロドリゲスとともに男子生徒たちが言い返した。

「何もしていないことが罪なのだ。我がドラスコス王国の国王陛下が、おまえたちの国に何度も使いを出し、共同水路について協議を求めたのに、すべて無視したではないか」

「そ、それは、おまえたちの国が勝手に決めて我が国に水路を作ろうとしたから、無視しただけだ」

ドラスコス王国やその近辺の国に海はない。各国を通って流れる川が一本あるだけだ。近年、気候変動や農地の拡大化によって、川は増水と渇水を繰り返すようになった。増水時の被害は甚大で、人工的に川を作って南部の海に水を逃がすしかなくなる。それにはメルサナ王国を経由しなければならず、協力を要請されていたのだが、メルサナ王家はずっと無視していたのである。

「話し合いすら拒否し、他国の困窮に背を向けるのは罪だ。水路が完成しないために氾濫や干ばつで多数の民が被害を受けたのだ」

実力行使に踏み切ったのは正当な行為だと、グレイブルが言い返す。

「そ、そんな……他国の民のことなど」

知ったことかとロドリゲスが顔を横に向けた。

「他国の民だからというのなら、こうして我が国のものにすれば自国のことになるな」

グレイブルが笑う。

「く……っ」

ロドリゲスは何も言い返せない。

「それに、メルサナの民も多大な被害を受けていることを知らないのか？」

グレイブルが怪訝な表情でロドリゲスに問う。

「し、知らないよ、僕は、が、学生だし」

「この学院にも、我が国から窮状を訴える書状が何通も届いているはずだ」

グレイブルの言葉に、ロドリゲスは首を振るばかりだ。

「さて、王太子とここにいる上級貴族たちはドラスコスに連行するぞ」

グレイブルが部下たちに命じる。

「ぼ、僕たちを連れて行ってどうするんだ」

「もちろん幽閉か処刑だろう。逃げたお前たちの教師も捕らえて、すでに連行済みだ」

当然だというふうにグレイブルが答えた。

「なんだって！」

「反抗的な敵国の貴族や教師など、将来において害にしかならないからな」

ふんという感じで答えると、ヴィオレッタたちがいる方にグレイブルが顔を向けた。

「そこにいる女たちは上級貴族の令嬢だな？　一緒に連行するぞ」

ニヤリと笑って言われる。

「そんな」

「いやぁ……」

野蛮そうな将軍に連行されると聞いて、令嬢たちは震え上がった。

「どうしてこんな……」

突然降ってきた不幸な事実に、ヴィオレッタを始め令嬢たちは悲壮な表情を浮かべる。

「へへさすが上級貴族の令嬢だ。花のような娘ばかりだぜ」

高く売れるぞとグレイブルが舌なめずりをした。

「あ、あたしは、上級貴族の令嬢ではないわ！」

突然、横から高い声が響く。縛られているロドリゲスの横にいたシェリーが、グレイブルのところへ駆け寄っている。

「なんだおまえは？」

「あたしは下級貴族の娘です。か、価値などないので、連れていかないでください」

お願いしますと、涙を浮かべて訴えた。これまで上品ぶっていた口調ではなく、庶民的に『あたし』と自分を称している。

「嘘をつくな。ここが上級貴族の子女しか入れない場所だと知っているぞ」

「そ、そうですが、あたしは特別に入らされたのです」

信じてくださいとグレイブルの腕を掴《つか》んでいる。

「特別に？」

グレイブルが片眉を上げた。

「じょ……上級貴族の令嬢は面白くないからと、慰み者にされていて……」

シェリーのバラ色の頬に涙が伝う。

「……本当か？」

グレイブルは哀れな表情のシェリーを見下ろした。

「調べてくだされればわかります。あたしはシェリー・ラ・ダムロル。れっきとした下級貴族の人間です」

胸を張って答える。いつものおどおどした表情ではない。

「ラというのは、下級貴族に共通する呼称だな……だが……」

グレイブルはうなずきながら、視線をシェリーの後方に向けた。

「おまえが付けているその首飾りは、そこの王妃と思える絵の首飾りではないか?」

カフェの壁に国王と王妃が即位する前の肖像が飾られている。当時の王太子妃の肖像画には、シェリーが付けているのと同じ首飾りが描かれていた。

「こ……これは、あの……」

焦った表情でシェリーは首飾りを手で握って隠す。

「この国の王妃は、数年前に亡くなっている。王太子はまだ独身のはずだ。ということは、首飾りは婚約者に受け継がれているのではないか?」

グレイブルの考察に、シェリーが青ざめた。

「上級貴族しか入れないカフェに下級貴族の娘がいる……おまえはあそこにいる王太子の婚約者なのだろう? それならここから逃がすわけにはいかねえなあ」

シェリーに顔を近づけると、グレイブルは腰に携えていた剣に手をかける。

「ち……違うわ! あ、あたしは、王太子の婚約者なんかじゃない!」

首を振りながらシェリーが叫んだ。

「婚約者なんかじゃない?」

「婚約したばかりじゃない」

シェリーの言葉にカフェの中がざわめく。

「シェリー……」

ロドリゲスは衝撃を受けた表情でつぶやいた。

「手のひらを返したような態度だな」

「あんなにはすっぱな口調だったか？」

貴族の青年たちが眉をひそめてつぶやく。

「俺さまを誤魔化《ごまか》そうとしてもだめだぜ。王族の女は処刑するように、命じられているんだ。もし身ごもっていたら、いずれその子が反乱分子になる可能性が高いからな」

言いながらグレイブルは剣を抜いた。鋭い刃先がギラリと光る。

「しょ……処刑？　あたし……本当に、違います！」

大きくシェリーが首を振る。

「王太子の婚約者が毒舌持ちで、普通の令嬢ではないという情報は得ている。その首飾りとこから急いで逃げようとしているところは、疑いに値するぜ」

グレイブルが剣の刃先をシェリーに向けた。

「ひぃぃ……」

おののきながらシェリーが後ずさる。

「やめなさい！　その者は婚約者などではないわ」

カフェの壁際から、良く通る女性の声が響いた。

上級貴族の令嬢たちが集まっているところから、ツカツカと女性がひとり歩いてくる。輝くプラチナブロンドの髪をなびかせ、宝石のような紫色の瞳でグレイブルを見据えていた。

「ヴィオレッタ……」

ロドリゲスが名前を口にする。

「な、なんだ?」

迫力ある表情で近づいてくるヴィオレッタに、気圧されたような表情でグレイブルが問いかけた。

「ロドリゲスさまの婚約者はわたしです。この娘ではないわ」

グレイブルの目の前まで来ると、ヴィオレッタははっきりと告げる。

「ヴィオレッタさま!」

「それを言っては……」

周囲で声が上がり、女性たちが困惑の表情を浮かべた。王太子の婚約者だとしたら、この場で処刑されてしまうのである。

「は?　おまえが?　ふん、騙《だま》されないぞ。どうせこの女をかばっているんだろう?　この首飾りがどういうものかぐらい、俺さまにもわかるさ」

嘘はだめだぜとグレイブルは首を振った。

「そうよ。その娘が付けているのは、正真正銘の王太子妃の首飾りよ」

ヴィオレッタが告げる。

「やっぱりそうじゃないか」

「でもその娘は、王妃でも王太子妃でも婚約者でもないわ。ただの下級貴族の娘なの。わたしたちが余興でここへ連れてきて、それを付けさせて笑っていたのよ」

口の端を上げて、嫌みっぽい笑みを浮かべた。

「余興？」

「あなたも将軍なら、この娘にこの首飾りが似合わないことぐらいわかるでしょう？」

馬鹿にしたようにシェリーを横目で見る。

「ああ……まあ……確かに」

「貧弱で身分の低い娘に豪華な首飾りを付けさせて、みっともないわねって笑っていたのよ」

「なんという意地悪な……」

グレイブルが眉を顰《ひそ》める。

「そ、そうよ！　ヴィオレッタさまは意地悪なのよ。こ、こんな首飾り、あたしのじゃないに決まっているもの！」

シェリーは首飾りを外すと、ヴィオレッタの足下に投げつけた。

「まあ、王太子妃の首飾りを！」

貴族の令嬢たちが声を上げる。シェリーはカフェから走り出ようとして、ドラスコスの兵に取り押さえられた。

「きゃああっ！」

床に押さえつけられ、悲鳴を上げている。

「わたしの国の者に狼藉《ろうぜき》を働くでない！」

ヴィオレッタが大声で命じた。迫力のある声音に、兵たちの力が緩む。

「なに生意気なことを抜かしているんだ。おまえらは捕虜だぞ。ここにいる男らは投獄、女たちは奴隷として売り払われるんだからな」

ふたたびグレイブルは剣を握り返す。

「そして王太子の婚約者であるおまえはここで処刑してやる」

切っ先をヴィオレッタに向けた。

「あらやだ。なんて卑怯で腰抜けなんでしょう」

ヴィオレッタは切っ先に臆することなく、鼻でせせら笑う。

「なんだと？」

目の玉が飛び出そうなほど見開いて、グレイブルはヴィオレッタを睨んだ。

「だって、わたしは丸腰よ？　か弱い女相手に、一方的に剣を使うの？」

手のひらを上に向けて問いかける。

「い、一方的にって……」

グレイブルは困惑の表情を浮かべた。

「もしかして、相手が丸腰でなければ女も斬れないの？　あなた本当に将軍？」

「俺さまは正真正銘の将軍だ！　だったらどうすればいいって言うんだ？」

鼻の穴を膨らませて問いかけた。

「わたしを斬りたいのなら、正々堂々と剣で勝負しなさいよ」

ヴィオレッタは顎を上げて、偉そうに答える。

「この俺さまと剣で？　ほう、それは面白い」

グレイブルは楽しそうに笑うと、近くにいた兵に顔を向ける。

「おまえの剣と革鎧を貸してやれ」

「将軍！　敵に武器を渡すのですか？」

「非力な女だ。この国の情けない男どもより、もっと弱いんだぞ。相手にもならんが、戦勝の宴で話のネタぐらいにはなるだろう。この国があまりにもあっさり制圧できてしまい、面白くなかったからな」

このくらいの話題があってもいいとグレイブルは笑う。

「ヴィオレッタさま。剣で勝負なんて危険です」

「剣術をなさっていたとしても、相手は将軍なんですよ？」

令嬢たちから心配する声をかけられた。

「無謀だ。やめろヴィオレッタ!」

ロドリゲスも止めようと叫ぶ。

「大丈夫よ。ああ、剣だけで結構よ。臭くて汚い鎧なんていらないわ」

剣を渡しにきた兵に言う。

「さすがヴィオレッタさま……こんな時にも毒舌が冴《さ》えているわ」

マーラのつぶやきに、周りの令嬢たちもうなずいた。

「見かけよりも重いのね」

鞘《さや》から剣を抜いたヴィオレッタは、一般兵士用の剣を見つめる。

「何をぐずぐずしているんだ。さっさと勝負しようぜお嬢ちゃん」

グレイブルが下卑た笑みを浮かべて剣を構えた。

「そうねえ……」

ヴィオレッタはグレイブルの方へ身体を向ける。剣はだらりと持ったままだ。

クールな美貌と上級貴族の令嬢らしい豪華なドレスを纏い、堂々と立っている姿は、まるで戦いの女神を模した彫像のようである。

「なんてお美しいの……」

「後光が差して見えますわ」

令嬢たちが感嘆し、青年たちは美しさに圧倒されたように無言で見つめていた。

「は、早く構えろよ」

調子を狂わせたのか、グレイブルが焦って言う。

「こんなに重いもの、構えられるわけないじゃない。馬鹿なの？」

ヴィオレッタが呆《あき》れたように返す。

「はあ？　おまえが剣で勝負をしようと言ったんだぞ」

「言ったけど、この剣を構えなくちゃならない決まりはないでしょ。それに、気易《きやす》くおまえとか構えろとか、わたしに命令しないで」

ヴィオレッタはつんっと横を向いた。

「お、おまえは敗戦国の捕虜だろうが。捕虜の分際で偉そうにするな」

「違うわ。この勝負が終わるまでは、まだ決まっていないわ」

「な、なんでだよ」

「……あなたがそう決めたんじゃない。もう忘れたの？」

「俺さまが？」

「わたしと正々堂々と剣で勝負すると返してきたわよね？　あれは嘘だったの？」

「嘘じゃねーよ。だからこうやって」

グレイブルがふたたび剣を構える。

「真実なら、この勝負が終わるまで、お互いの立場は互角ではなくて？　まだ勝負はついていないからこそ、戦いには意味があるのよ」

負けと決まっていたら戦う必要はないのだ。

「だ、だから、さっさと勝負をつけようじゃねーか。ほら、剣を構えろよ。その毒舌ごと口をぶった斬ってやるからよ」

切っ先を上にしてグレイブルが剣を振り上げた。

「斬られる前にかかって来てもいいぜ。返り討ちにしてやる。ああでも、謝罪するなら今だぜ。床にひれ伏して俺さまに情けを請えば、顔はやめて首を斬るだけで許してやるからよ」

勢いを盛り返してグレイブルが言う。

「早くしないと、大人しく斬り捨てられた方がよかったと思うほど残酷に切り刻むぞ」

グレイブルの言葉にヴィオレッタは微動だにしない。

「ああそうだわ。わたしが勝ったら、ここにいる女性たちは全員解放してちょうだいね。男性たちは……」

ロドリゲスと上級貴族の青年たちをヴィオレッタは一瞥する。

「こんな事態になった責任があるから、あなたたちの好きにしていいわよ」

笑いながらグレイブルに言う。

「ヴィオレッタ、そんなことを言わず僕たちも助けてくれよ」

ロドリゲスが慌てたように声を上げた。

「ヴィオレッタさま、お願いです。見捨てないで！」

青年たちが懇願する。

「わたしの忠告を鼻で笑って遊びほうけていたくせに」

「それは謝る。すまなかった。とにかく助けてくれよ。僕は婚約者じゃないか！」

ロドリゲスが縛られたまま床に手をついて謝罪した。

「あらあ、婚約破棄して下級貴族の娘と再婚約するって、この首飾りをわたしから取り上げたのをもう忘れたの？」

剣を持っていない方の手で首飾りを掲げる。

「なんだと？　婚約破棄？　おまえは王太子の婚約者だと言ったではないか？」

グレイブルが割って入った。

「実は違うのよ。さっきわたしにこの首飾りを投げつけたあの娘が、本当の婚約者よ」

「だっておまえが……」

グレイブルは焦って壁際にいる女性たちを見回す。

「もうあの娘は逃げちゃったわよ。あなた大失態だわね。敵国の王太子の婚約者を逃がすなんて……あの娘、妊娠していたかもしれないのに」

ヴィオレッタはクスクスと笑う。

「おのれ、おまえええ」

真っ赤になってグレイブルがヴィオレッタに向き直る。

「わたしを斬りたいなら斬ればいいわ。でもあなたがあっさり下級貴族の娘に騙されて、婚約者でもないわたしを自分の失態を隠すために斬り捨てたことは、ここにいる者たちすべての心の中に残るわよ」

グレイブルの後ろにいるドラスコスの兵士たちにヴィオレッタは目を向けた。メルサナの者たちをすべて処刑しても、このことを見ていたドラスコスの兵たちは残っているのである。

「うぬぬ」

「あなたたちは、そういう卑怯な将軍に仕えた過去を持つことになるわね。この国をあっという間に制圧した武勇伝にも、大きな傷がつくわ」

少し大きな声で、ヴィオレッタはドラスコスの兵たちに言い放つ。

「それは……」

兵たちが動揺の表情を浮かべた。

「このみっともない事態を隠蔽《いんぺい》するには、わたしたちだけでなく、味方の兵たちの口も塞ぐのではなくて?」

ヴィオレッタの言葉に、ドラスコスの兵たちが顔を引き攣《つ》らせる。

「だ、断じてそんなことはしないぞ」

グレイブルが語気を強めて否定した。

「わたしを斬り捨てるのなら、いつかはするわよ。あなたはそういう卑怯な人間に、自らなろうとしているのでしょう？」

「ぐぬぬ」

グレイブルは返す言葉が見つからなくなったようだ。仁王立ちのまま、眼を見開いて唸《うな》っている。

「もうそこまでだな、グレイブル」

カフェ全体に若い男性の声が響く。

入口付近に身なりのいい青年が立っていた。黄金色の髪に緑色の瞳、通った鼻筋と形のいい唇を持っている。

「あなたは……」

青年の姿を見てヴィオレッタは驚く。

三日前にカフェの庭で会ったあの美しい青年である。

「で……殿下……」

グレイブルが走り寄り、片膝をついて頭を下げた。

「殿下ですって……？」

ヴィオレッタが聞き返す。

「こちらにいらっしゃるのは、ドラスコス王国の第二王子のファビオさまである」

膝をついたままグレイブルが答えた。

「なぜドラスコスの王子が、あの日カフェにいたの?」

ヴィオレッタの表情が、驚きから怪訝なものに変わる。

「水路について国王に何度も使いを送ったのだが、まるで取り合ってくれない。で、王太子なら話が通じるかとここに来たんだよ。でも……あなたとの婚約破棄騒動でそんな雰囲気ではなかったんだ」

残念そうな表情でロドリゲスを見る。

「今年も川が氾濫し、甚大《じんだい》な被害が出た。大勢の者が亡くなったり苦しんでいる最中にも、この王太子は無視して享楽的に遊んでいるばかりだった」

「そんなの、僕の国には関係ないことだからだよ」

「関係はあったよ。メルサナの国境沿いの街がいくつか浸水している。だが救援隊も送らず見殺しにしたんだ」

「そういうこと……」

ヴィオレッタが顔をしかめる。

「それでこの国の王族と上級貴族たちに制裁を加えるべく侵攻したのだが……」

ファビオはヴィオレッタの前に行く。

「罪もない女性に刃を向けるのは確かに恥ずかしいことだ。将軍の上に立つ者として謝罪する」

ファビオが頭を下げた。

「わかればいいのよ」

偉そうにヴィオレッタが胸を張る。

「それではここにいる女性たちは解放していただけるわね？」

「そうだな……王族と上級貴族の男子生徒以外は解放しよう」

「ありがとう。嬉しいわ」

「だが、あなたを解放するわけにはいかない。王太子の婚約者は王族と同じだ」

「そうね……」

ファビオを誤魔化すことはできないと、ヴィオレッタは観念する。

「ヴィオレッタさまはもう婚約者ではございません！」

「三日前に破棄されております」

「そのことはここにいるすべての者が知っております」

令嬢たちから声が上がる。

「貴族管理院に婚約を破棄する申請を出していないから、書類上はまだわたしが婚約者だわ。あなたにもそれがわかっているのよね」

問いかけるようにヴィオレッタはファビオに顔を向けた。そうだというふうにファビオがうなずいている。

「出発は明朝だ。それまで男子生徒はここに軟禁する」

「ぼ、僕は処刑されるのか?」

ロドリゲスが真っ青な顔でファビオに問いかけた。

「王族はドラスコスへ連行したのち、我が国の裁判にて今後のことは決められるだろう。出発までは馬屋で拘束だ」

「う、馬屋? ぼ、僕は、王太子なんだぞ」

「メルサナの王族は大罪人だ。連れていけ」

「そんな……ひぃ」

ファビオに命じられて、兵隊たちがロドリゲスの両脇を抱えた。引きずるようにカフェから出されていく。

「わたしも馬屋ね……」

ロドリゲスに続いて行こうと、ヴィオレッタが歩き出す。けれど、ファビオからすばやく腕を掴まれた。

「あなたは馬屋ではない。私と一緒に来てもらう」

「……どこへ?」

問いかけには答えず、ヴィオレッタの腕を掴んだままファビオが歩き出した。

「え……あの？」

戸惑いながら足を進める。

「ヴィオレッタさま！」

「お願いです。乱暴なことはなさらないでくださいまし」

「ヴィオレッタさまは何も悪いことはなさっていません」

「メルサナのことを思う素晴らしい方なのです！」

背後で令嬢たちの声がした。皆、ヴィオレッタの身を案じてくれている。

（こんな時に気持ちが通じ合うなんて……）

彼女たちともっと早く打ち解けたかったと思いながら、ヴィオレッタはファビオに引かれていく。

王城時代に国王が使っていた部屋は、学院になってから貴賓室となっていた。国王や外国の賓客が学院に訪れた際に使われている。

ファビオはそこにヴィオレッタを連れ込んだ。

「よくこの城のことを知っているのね」

迷うことなくここまで来たファビオに、ヴィオレッタは怪訝な目を向ける。

「警備が薄かったからね。以前訪れた際に、くまなく見せてもらったよ」

誰にも見とがめられることはなかったと言われた。

「そういい加減な警備が、この事態を招いたのよね……。そしてあなたは、配達人ではなくスパイだった。ひどい嘘つきだわ」

彼の言葉をすんなり信じてしまったことを悔やみながらヴィオレッタは告げる。

「嘘ではない。本当に書状を届けて解決策を話し合うつもりだった……だがそういうことができないと判断したから、侵攻するために調べさせてもらったんだ」

「……スパイには変わりないわ」

やはりもっと強く危機を訴えるべきであったと反省する。

「それで、わたしをどうするの？　王族と同じ扱いなのだから処刑もしくは幽閉なのは覚悟しています。……でも、それだけではないわよね？」

「それ以上になにがあると？」

横目で問い返された。ファビオは綺麗な顔をしているけれど、何を考えているのかわからない怪しさがある。

「女性の捕虜が……敵の慰み者になることくらい知っているわ」

そういうことでしょ、と見返した。

「ああ……そうだな。察しがいいね」

ヴィオレッタの腕から手を離すと、苦笑しながらうなずいている。

（やっぱり……男性なんて皆同じだわ……）

三日前にカフェで出会ったときは、自分を理解してくれるいい人だと思ったが、そうではなかったのだ。ヴィオレッタに同情するフリをしながら、この学院やメルサナ王国のことを探っていた大嘘《おおうそ》つき男である。

落胆するヴィオレッタの肩に、ファビオが手を乗せた。ビクッとしたヴィオレッタを見て、ファビオが笑う。

「強引にするつもりはないよ。あなたの意思は尊重する」

「拒否する権利がわたしにあるというの？」

眉を寄せて問い返す。

「もちろんだよ。……だが、私のものになれば今後有利なことは確かだ」

ニヤリと笑ってヴィオレッタに答えた。

「有利に？」

（しばらくは処刑されずにいられるということかしら……）

どうせそんなことに違いない。

「この身体をひと晩私に委《ゆだ》ねてくれたら、ひとつだけあなたの願いを聞いてあげるというのはどうかな。何でも、とはいかないが、私にできる範囲内で……」

貴賓室の奥の扉を開けながら、ファビオが提案した。彼が開いた扉の向こうには、寝室がある。昔風の重厚な天蓋《てんがい》のあるベッドが見えていた。

(あそこで……)

純潔の乙女であるヴィオレッタにとって、殺されるのと同じくらいの恐怖を覚える。しかしながら……。

「この国を支配するのを止めて、兵を引いてくださる?」

もしその願いを叶《かな》えてくれるのなら、辱めを受けてもいいと思った。

「それは私の権限では無理だ」

ファビオは首を振ると、寝室へと入っていく。

「王子なのに?」

少し戸惑いながらも、ヴィオレッタは彼の後に続いた。

「国王か王太子なら可能だが、私は第二王子なんだ。もう少し小さい要求にしてくれ」

「そう……王族の下っ端なのね」

がっかりしながらつぶやく。

「相変わらずストレートに言うね」

ベッドに腰を下ろすと苦笑している。

「気に触ったのなら、今すぐ私を斬り捨てたら?」

小さな願いを叶えるために陵辱《りょうじょく》されるくらいなら、ひと思いに殺された方がマシだと考えながら提案した。

「遠慮するよ。グレイブルの二の舞は演じたくないね。丸腰の女性を斬ったという噂が死ぬまでついて回るなんて、まっぴらだ」

手のひらを上に上げた。

「将軍よりも賢いのね」

ベッドに座ったファビオの向かいにヴィオレッタは立つ。

「まあね。学習能力はあるんだ」

ニヤリと笑って見上げられた。薄暗い寝室だからなのか、彼からぞくっとするような色気が伝わってくる。貴族学院に若い男性はたくさんいて慣れているはずなのに、見つめられただけでドギマギしてしまった。

（こんなことで動揺してはだめよ！）

「で、では……もうひとつ」

自分に言い聞かせ、ヴィオレッタは次の提案をする。

「なにかな?」

「この学院の捕虜として慰み者にするのは、私だけにしてください。他の生徒には男女とも手は出さず、助けてください」

真剣な表情で告げた。辱めを受けるのは自分だけでいい。それが叶うのならば、死ぬほど辛《づら》いことでも耐えられる。

「上級貴族の中には、あなたが婚約破棄されるのを笑っていた者もいたが？　そんな者たちのために身体を差し出すのか？」

「笑われることなど些末《さまつ》なこと。わたしはずっと、王太子妃になる覚悟でおりました。この学院はわたしの学院でもあります。自分の学院の生徒を助けるのは当然だわ」

「なるほどね。では、私のものになるのなら、この学院の王族以外の者には手を出さない。約束する」

要するに、ロドリゲスとヴィオレッタ以外は助けてくれるということだ。

「それなら……」

ヴィオレッタは覚悟を決めてうなずく。

「では決まりだ」

ファビオがベッドから立ち上がる。背の高い彼にビクッとしてヴィオレッタが後ずさると、片眉を上げて見下ろされた。

「もしかして、初めてか？」

「……ま、まだ結婚前だもの、当然よ」

強がりながら赤くなる。

「では時間がかかるな……その旨をグレイブルに伝えてくるから、ドレスを脱いで待っていてくれ」

緊張して立っているヴィオレッタの横を、すっと通り過ぎた。

戸惑いながら振り向いたヴィオレッタの目に、貴賓室から出ていくファビオの後ろ姿が映る。颯爽《さっそう》と歩く姿に、支配者然とした風格が感じられた。

（ドレスを脱いでって……）

これからそういうことをするのだから、脱ぐのは当然である。とはいえ、未経験の乙女にとってかなり戸惑うことだ。

（でも……）

ファビオが止めてくれなければ、ヴィオレッタは今頃グレイブルに斬り殺されていただろう。一度は死んだも同然な身体だ。

それに、ここで逃げ出すわけにはいかない。自分は王妃としてこの国に自身を捧《ささ》げる覚悟でいたのである。婚約破棄されたとはいえ、その気持ちは簡単に棄《す》てられるものではない。自分の力で生徒たちを助けられるのなら、身体を差し出すくらい覚悟の上だ。

「そうよ……」

意を決して、ヴィオレッタはドレスのリボンに手をかける。コート型の上着とレースのフリルがふんだんに使われたスカートを脱ぐと、コルセットとふんわりしたパニエになる。（もちろんこれもよね……）

このままではできないことくらい知っている。婚礼の儀式で行われる行為は、貴族の子女が知っていなければならない教養のひとつだ。ヴィオレッタもこの学院できちんと習っていた。

けれども……。

コルセットの前紐《ひも》を解こうとしていた手が止まってしまう。この紐を外したら、乳房が露わになる。目的はそれなのだが、やはり乙女にとってハードルが高い。

ベッドの脇に立って逡巡《しゅんじゅん》していると……背後で貴賓室の扉が開く音が聞こえた。

(も、戻ってきてしまったわ)

はっとして思わずコルセットの紐を握り締める。

「自分で脱ぐのはそこまででいいよ」

こちらへ歩きながらファビオが言う。

「え……あの……」

戸惑うヴィオレッタのところへ、ファビオが足早にやってきた。

「ここからは私に任せてくれ。というか、まあこれも楽しみのひとつだ」

「た……楽しみ？　……あっ」

問いかけたヴィオレッタの手から、ファビオにコルセットの紐を絡め取られる。

「この中にどんな魅力的な身体が入っているのか、贈り物を開けるような楽しみがあるからね」

「わ、わたしは贈り物扱いなの？」

器用にコルセットの紐を解き始めたファビオに問い返す。

「たとえ話だよ。え？　っと……！」

途中まで解いていると、コルセットの前が割れるように開いた。

「きゃっ……」

背後にコルセットが落ちて、ヴィオレッタの乳房が飛び出すように現れる。

「これは……」

ファビオが目を見開いてヴィオレッタの乳房を見つめた。

「やっ、恥ずかしいっ」

ヴィオレッタは慌てて両手で乳房を覆う。

「せっかく開けた贈り物の蓋を閉じてはだめだよ」

ファビオはヴィオレッタの両手首を掴むと、左右に開いた。ふたたびヴィオレッタの乳房が露わになる。

「きゃあっ！」

手首が掴まれたまま押されて、ベッドへ仰向けに倒された。

「驚いたな……未経験だというから、発達途上だと思っていたのに」

ヴィオレッタの手首をベッドに縫い留めるようにして、ファビオの顔が上から落ちてくる。

「こんなに色っぽく仕上がっているとは……嬉しい誤算だ」

ファビオの形のいい唇が、ヴィオレッタの右の乳房を覆った。

「あ……やっ！」

突然の恥ずかしい行為に、ヴィオレッタは肩をすくませて声を上げる。だが、手首を留められているために、ほとんど動けない。

（な、舐《な》められて……）

乳房を覆ったところから、ヌルリとした感触が伝わってきた。舌が乳房を舐《な》めている。ヴィオレッタは羞恥に目を閉じた。

「あ……っ！」

敏感な乳首をねっとりと擦られ、びくっとする。

まるで美味《おい》しそうな果実を楽しんでいるかのように、ファビオは乳房を舐め回す。

次第に……。

「う……く……」

むずむずするような、淫らな感覚が高まってきた。

「ふむ。硬くなってきた。感度はいいな」

唇を離したファビオが満足げにつぶやく。

「ああ……っ」

目を開けたヴィオレッタは、右側の乳首がツンと勃っているのに気付いた。先ほどまで柔らかくつぶれていた淡いピンク色の乳首が、舐められた刺激で紅《あか》く色づき硬くなっている。

勃っているだけでなく、ファビオのだ液でヌラヌラと光っていた。

「や……だっ」

ヴィオレッタが声を発したため、濡れた乳首を持つ乳房が揺れた。

「ほう、そそられるね。ではこちらを」

左側の乳房に顔を寄せている。

「も、やめ……ああっ」

ファビオの唇に左の乳房が覆われた。

「えっ？　……ひあっ！」

今度は、舐め回されるのではなく、乳首をちゅっと吸われてしまう。すると、強い刺激が伝わってきた。

「あ……あんっ、な、んで、やぁ」

乳首を吸われる恥ずかしさと、伝わってくる熱を孕《はら》んだ感覚に困惑する。

「反応からして、身体は大人だが心は乙女だな……でもこれは、お互いにとってリスクを伴う契約だ。辛くとも我慢してくれ」

ファビオから真面目な口調で言われた。

（そうだわ……これは、契約なのよ）

ヴィオレッタはぐっと堪えて目を閉じる。

「そう、そうやって目を閉じていなさい。いずれ終わるから」

どことなく沈んだ声で言われた。先ほどまでの楽しそうな感じはない。嫌なら止めればいいのにと思うが、ファビオにとってもそうはいかないのだろう。

王族以外の生徒に手を出さないというのは、勝利者側としては旨味《うまみ》のないものだ。グレイブルのように舌なめずりをしていた男たちは少なくとも落胆するだろう。

彼らを納得させるには、頭領のファビオがこの学院で一番身分の高い女性を手込めにして支配を確立し、部下には学院内にある金目のものを報酬として手に入れさせることだろう。

そもそも、ここではほとんど戦いはなかった。ただ、なだれ込んできただけでこの学院を簡単に制圧している。グレイブルたちも、大した働きをしていない。だから、ここで働き以上の報酬は要求しにくいはずだ。

ヴィオレッタはそう考えながら、唇を噛みしめてファビオのなすがままにされる。彼はヴィオレッタのパニエや下着のドロワなどを脱がせていた。

（ああ……恥ずかしい……）

全裸にされたヴィオレッタは、恥ずかしさに顔を手で覆う。両膝裏が持ち上げられ、ごくっというつばを飲み込むような音が聞こえた。

「これが……あなたの……」

乙女の秘部を見つめているらしい。

恥ずかしさでヴィオレッタの顔が紅く染まる。

「かなり慣らさないといけないな」

「ひっ!」

ぬるっとした冷たい感触に驚く。

「な、な、なに」

乙女の秘部にファビオが指で何かを塗りつけていた。

「変なものではないから心配いらないよ。これは兵士用の携帯傷薬だ」

答えながらさらに塗り続ける。

「なぜ、傷薬……を?」

(あ、なんか……)

塗られているところがムズムズしてきた。

「これから傷になるかもしれないところだからね。その前に塗っておけば、かなり軽減されるはずだ。初めてなんだろう」

「そう……だけど……あ、んぁ」

「ああ、これ、感じるのだね」

ふっと笑みを浮かべた。

「や……それ、……だめ……」

高まってくる感覚にヴィオレッタは困惑する。

「感じているね？」

という問いかけに、ヴィオレッタは思わず首を振った。

「かんじ……てなんか……んんっ」

いないと言いたいけれど、言葉が出ない。

ファビオの指は敏感な淫唇を何度もなぞってくる。

塗り薬の感触に、ぬるっとした水っぽさが加わった。

「いい反応だ。蜜が出てきた」

（蜜って……）

「や……もう、やめ……て」

真っ赤になって首を振る。恥ずかしくてたまらない。

「いや、もう少し濡らした方がいい。我慢して……」

「そんな……えっ？」

ヴィオレッタの淫唇が指で開かれるのを感じた。とんでもない羞恥を覚えたヴィオレッタの耳に、ぬちゅっという音が届く。

「ああ、中がけっこう濡れているね。ほら、蜜がこんなに」

挿入した指を出入りさせている。

「や……そんな、あ、あんっ、なんで、濡れて……ああ」

自分の中から蜜が溢《あふ》れているのを自覚した。ヴィオレッタは狼狽《ろうばい》して首を振り続ける。

「大丈夫そうな感じだな」

蜜壺から指が抜かれた。

ヴィオレッタの片方の膝裏を持ち上げたまま、ファビオはがさごそと衣擦《きぬず》れの音をさせている。

(何を?)

音が止《や》むとともにヴィオレッタの淫唇に、温かくて濡れたものが押しつけられた。先ほどまで挿入されていた指よりも太い。

濡れた淫唇をぐっと開かれ、その大きさと正体にはっとする。

(これ……)

ファビオの男根だ。

純潔の乙女のそこを暴くべく、侵入しようとしていた。ずっ、ずっ、ずずっと、進んでくる。

「うっ、くっうぅぅ」

狭い未通のそこが、ありえないほど開かれていた。強い痛みが運ばれてくる。先ほどまで苛《さいな》まれていた強い羞恥が、辛い痛みに変わっていく。

「ごめん。初めては辛いよね……」

申し訳なさそうな声がする。

これまでかなり傲慢で強引にしてきたのに、とても気弱な口調だ。

「もう少しだから」

痛みに唇を噛《か》み締《し》めているヴィオレッタに言う。

逆にヴィオレッタは少し落ち着いてきた。この状況でなくとも、いずれはロドリゲスに同じことをされたのである。

それが少し早まり、相手が変わっただけだ。

しかもこれは、生徒たちを助けるためなのである。

（このくらい……）

「……っ！」

激しい痛みと圧迫感を覚えたが、ぐっと声を堪えた。

「ああ……入ったよ」

という声にほっとするけれど、挿れられた熱棒がゆっくりと動き出す。

「あ……ううう……」

その痛みも、ヴィオレッタを激しく苛む。

けれど……。

途中でファビオが動きを止めた。

「すごく……素敵だ」

ヴィオレッタの耳に彼が囁《ささや》く。

「あ……」

驚いて目を開くと、近くにファビオの美麗な顔があった。彼の頬は紅潮し、緑色の瞳がじっと見つめている。

「あなたの中に入れて、このうえなく嬉しいよ」

笑顔で告げられた。

「え……」

「こんなふうに、あなたの肌に触れて……」

ヴィオレッタの首筋から鎖骨にかけて撫《な》でている。

「あ……の……」

くすぐったさに肩をすぼめた。

「ここを存分に愛せるなんて……夢のようだよ」

乳房に到達したファビオの手が、ゆっくりと揉《も》み始めた。

胎内に挿入されている彼の熱棒は太くて凶暴だが、言葉と手はとても優しい。時折乳首を摘まれる。

「……は……」

刺激にため息交じりの声が出た。

「すこしは感じている？　私はすごくいいよ。そして、あなたが奥深くまで私を収めてくれていることに、感動を覚えている」

言いながら耳に口づけをし、指の腹で摘まんでいる乳首を擦り合わせる。

「あ、んっ……ふ」

耳に息がかかり、擦られる乳首とともにくすぐったい快感がもたらされた。

「かわいらしい声だね。もっと聞かせて欲しい」

膝裏にあったもう一方の手も、ヴィオレッタの乳房を掴む。人差し指と親指で乳首を摘ままれ、ふたつ同時に擦られた。

「あ……だめ、そんな、一緒には……ん、ああんっ」

乳首から淫らな快感がやってくる。始めはさざ波程度だったのが、次第に大波になって快感が襲ってきた。

「はぁ……あ、や、感じ……る……」

乳首から全身に快感が巡り……それは痛いはずの交接部まで広がっていく。

「中が……うねってきたね」

不思議そうに問われる。

自分でもぞもぞして、どうしようもなくなっていた。

「ここ、私に絡みついてきている」

ファビオが軽く腰を動かす。

ぬちゅっという音とともに、蜜壺の奥がかあっと熱くなった。

「ふむ、蜜が増えたな」

再び熱棒を動かされる。

「あ、あん、だめ」

ヴィオレッタは首を振った。

「痛い？」

「な、なんか、熱いの……」

「こうすると？」

竿先で奥を突かれる。

「ああ、や、そこ、んんんっ」

（な、なんなの？）

痛くて苦しいはずなのに、熱くてどうしようもない快感が蜜壺から発生した。

「ほう、いい感じに私を締め付けてくるね」

嬉しそうな声とともに、ファビオの動きが速くなる。

ぬぷっ、ぬぷっと淫らな水音がして、熱を帯びた快感が溢れ出てきた。

「ああ、……んん、感じ……る……や、なんで……奥がっ」

ヴィオレッタは喘ぎながらのけぞり、両手でファビオの肩を掴む。

ファビオはヴィオレッタの乳房を揉みながら、蜜壺に熱棒を淫猥に抽送している。

「あなたが感じているのは、中にいる私にも伝わってきているよ。奥のここを突くと、すごく締まって気持ちいいね」

ヴィオレッタが反応する場所を狙って、強く速く突き上げられた。

「はぁ、あ！」

びくっと身体を震わせる。

「ね？　いいだろう？」

ヴィオレッタが反応するところを、断続的に突いてくる。

快感がどんどん運ばれてきた。

「はぁ……ああ、もう、おかしく……な……」

全身がどこかにいってしまいそうに感じている。

耳の奥で自分の鼓動がうるさいくらい鳴っていた。

初めて体験する強い快感に、どうすることもできない。

(わ、わたし……どうにかなってしまう……)

意識が官能の渦の中でグルグル回っている。

「そろそろだな……」

と言う声が、朦朧《もうろう》としはじめたヴィオレッタの耳に届く。

そろそろとは？　と聞きたかったけれど、ファビオの腰の動きがこれまでよりいっそう強く速くなったため、言葉は出なかった。

「ひっあぁ、た……すけ……っ！」

痺《しび》れるほどの快感に、目の前が真っ赤になる。

「注ぐよ……っ」

蜜壺の中に熱い飛沫が広がっていく。

「……っ！」

(ああ、熱い、か、感じ……る！)

ファビオの精が蜜壺に注がれ、その熱さでヴィオレッタは快感の頂点を越した。

強すぎる初めての官能に、ヴィオレッタは声も出せずに痙攣《けいれん》する。

「ああ、なんて……素晴らしい……」

ヴィオレッタの身体をファビオが抱き締めた。

「……はぁ……は……」

ヴィオレッタは息をするのがやっとである。

「ありがとう。あなたを堪能できて嬉しいよ。約束は必ず守る」

聞こえてきたファビオの言葉に、ヴィオレッタはほっとしながら目を閉じた。

第三章　屈辱の交わり

翌日。

貴族学院の生徒は全員大食堂に集められた。

「これより、王太子のロドリゲスはメルサナの王都に移送する。それ以外の生徒たちは、このままここで学院生活を継続する」

将軍のグレイブルが発表すると、食堂内にどよめきが起こる。

「上級貴族の男子生徒は、連行されないのですか？」

「わたくしたちはここで、今まで通り学ぶというのですか」

生徒たちが質問した。

「王族以外の生徒は、連行しないことになった。新しいメルサナのために勉学に励めと、ファビオ殿下が特別に恩情をかけてくださったのだ」

「新しいメルサナのために……」

つぶやきながら侯爵令嬢のエミルが食堂を見回す。後ろの出入り口には縛られて立つロドリゲスと上級貴族の男子生徒たちがいて、その横に硬い表情のヴィオレッタが長椅子に腰を下ろしている。

上級貴族の男子生徒たちの、拘束されていた紐が次々と外されていく。

「お、俺たち、ここに残れるんだ」

「王都へ連行されずに済むなんて」

ほっとした笑顔を浮かべながら、彼らは女子生徒や一般貴族が立っている方へ走った。

「あの……女性のヴィオレッタさまはここに残られるのですよね？」

グレイブル将軍に恐る恐るエミルが問いかけた。

「あの令嬢は王族と同格だ。王太子と一緒にメルサナの王都へ移送する」

「もう婚約は解消されておりますわ」

エミルが言い返す。

「婚約者でなくとも、あの令嬢には王族の血が流れていることが判明した。ここに残すわけにはいかないと、殿下が判断なさったのだ」

「そんな！」

「おまえらも、本来なら連行もしくは奴隷にされたのだぞ。あの令嬢が自ら身体を張って守ってくれと懇願したからこそ、こうしていられるのだ。本国からの命令では、上級貴族はすべて連行し、あとは奴隷として好きにしろとのことだったからな」

「……」

グレイブルの返事に、皆の視線がヴィオレッタに向く。ヴィオレッタは眉間に皺を寄せて横を向いた。

「ヴィオレッタさま……わたくしたちのために、お辛いことを……」

エミルが悲痛な表情でつぶやく。

「俺たちを助けてくれて、ありがとうございます！」

上級貴族の男子生徒の一人が、大声で謝礼の言葉を発して頭を下げた。

「ありがとうございます！」

「ありがとうヴィオレッタさま！」

他の者たちも口々に礼の言葉を発する。女子生徒の中には涙ぐむものもいた。

「みんな……」

横に向けていた顔を戻すと、ヴィオレッタは小さくうなずく。

「もうすぐ卒業なのだから、それまでしっかり学んでね。あなたたちには危害を加えないと、ファビオ殿下が約束してくれているから安心して」

笑みを浮かべてヴィオレッタは告げた。

「ヴィオレッタさま、なんとかこちらに残れないのですか？　王族と言っても遠縁ですし、ロドリゲス殿下の婚約者ではなくなっているのに」

エミルが訴える。

「遠縁でも、わたしのお父さまには王位継承権があるのよ……」

ヴィオレッタの曾祖父は先々代のメルサナ国王だ。父親であるマーロウ公爵は現国王の従兄弟《いとこ》にあたる。十数位だが王位継承権も持っていた。

「なにより、王太子の婚約者だった事実は消せないわ。皆とはお別れよ」

諦めた表情で答えた。

「そんな！　婚約は解消されたのに！」

悲壮な表情でエミルが訴える。

「そうですわ。シェリーが連行されるべきですわ」

マーラが叫んだ。

「シェリーは下級貴族の娘。あの子に責任を負わせられないわ。わたしは公爵家の人間として逃げたくないのよ」

「でも、処刑されてしまうかもしれないのですよ」

「処刑はもう……昨日されたわ」

固い声で告げ、ヴィオレッタはうつむく。

「それは……」

マーラたちが言葉を失う。

純潔の乙女にとって処女を理不尽に奪われることは、死に等しい屈辱だ。そのことに思い至り、皆が黙りこんだ。

「だから、今更命乞いなどする気はないし、覚悟はできているの」

うっすらと目に涙を滲《にじ》ませながら、ヴィオレッタは長椅子から立ち上がった。

「ごきげんよう。さようなら」

背筋を伸ばし、大食堂の出入口に向かって歩き出す。ロドリゲスの前を通ると、

「ヴィ、ヴィオレッタ、たのむ、僕を助けてくれるように、ファビオ王子に頼んでくれよ。し、死にたくないんだ」

小声で声をかけてきた。

「……あなたはいいわね。死ぬにしても一度でいいのだから……」

乙女の自分は二度死ぬことになるのだと思いながら、嫌みたっぷりに返す。

「なんだと、傷物のくせに！」

失礼な言葉がロドリゲスから発せられた。

「敵国の王子に股を開いて自分だけ助けてもらうつもりなのだろう」

更にひどい言葉が投げつけられる。

ヴィオレッタは足を止めると、ゆっくりとロドリゲスの方へ向き直った。

「攻め込まれてなすすべもなく捕縛されたのは、あなたが遊《あそ》び呆《ほう》けていたからではなくて？

「これ以上わたしに尻ぬぐいする義務は無いわ」

しっかり言い返すと、再び前を向いて歩く。

「さすがヴィオレッタさま」

「女王の貫禄《かんろく》だわ」

「あの方に王位を継いでいただきたかったわね」

「王都に連行されてしまうとは。あちらはドラスコスの王太子が制圧していて、厳しい支配と処分が行われているそうよ」

生徒たちから賞賛と悲痛な声が漏れる。

「さて、そろそろ行くぞ！」

グレイブルがロドリゲスを繋いだ紐を引っ張った。

「い、いやだ、殺されたくない！」

足を踏んばろうとしているが、グレイブルの力には勝てない。

「ひー。助けてくれええ」

泣き声を発するロドリゲスは、粗末な馬車の荷台に乗せられる。荷台には幌《ほろ》もなにもかかっておらず、荷物のような扱いだ。

ヴィオレッタも荷馬車に向かったが、

「あなたはあちらだ」

グレイブルが前方の馬車を手で示す。

「あれは……」

艶《つや》やかなマホガニーブラウンに金の装飾が施された瀟洒《しょうしゃ》な馬車が停《と》まっていた。

ヴィオレッタが馬車まで行くと、扉が開かれる。

馬車の中から手が出てきた。

見上げると、ファビオがヴィオレッタに手を差し出している。

(なぜこの人が?)

怪訝な表情で見上げるが、グレイブルから早く乗るように促された。昨日自分を凌辱した男である。戸惑いはあるが、従わなくてはならない。

ヴィオレッタは渋々ファビオの手に自分の手を乗せた。馬車のステップを上って中に入る。

「なぜわたしがあなたの馬車に乗せられるの?」

ヴィオレッタは席に着くと、向かい側の席にゆったりと座っているファビオに質問を投げかけた。

「もちろん王都まで、あなたといいことをしながら旅をするためだよ」

すぐさまファビオが答える。形のいい唇に笑みをたたえ、深い森を思わせる緑色の瞳で見つめられた。

「わ……わたしは……昨日だけのはずだわ」

狼狽しながらうつむく。

また自分を慰み者にしようとしているのだ。

「ここの生徒だけでなく、この国の民すべてを助けようとは思わないか？」

ファビオから問いかけられる。

「どういう意味かしら」

ヴィオレッタは顔を上げた。

「これから我が国は、メルサナを植民地支配することになる。人々は資産や住む家を奪われ、奴隷同然でこき使われるだろう」

「……」

ファビオの言葉に、ヴィオレッタは目を見開く。

今回学院の生徒たちは不問に処されたが、学院にある宝物は没収された。メルサナの民の資産や家も、これから没収する予定とのことだ。

「……貴族を残してくれるのに、民を蹂躙《じゅうりん》するというの？」

硬い声で質問する。

「貴族を残したのは、民を締め付けて資産や税を取り立てる役割をさせるためだ。我が国が直接手を下さずに済むからね」

厳しい表情を向けられた。

資産の没収や地位を奪われることを免《まぬが》れた貴族たちは、自分たちの地位を守るためなら何でもするだろう。たとえ民からすべてを絞り取るという醜い役割であっても……。

「卑怯な……」

「それが戦いに敗れて王を失った国の末路だ」

冷たく言い返される。

「……わたしが……ここで再びあなたに身体を差し出せば……民はどうなるの?」

膝に置いた手を震わせながらヴィオレッタは質問した。

「ここの貴族と同じく、家は失わず身分も奴隷ではない。ドラスコス王国の属国であるメルサナの民として暮らすことになる」

軽く笑みを浮かべて答えた。

「本当に?」

ヴィオレッタは疑《うたぐ》り深《ぶか》い目を向ける。

「私は嘘をついた覚えはない。あなたの学院の生徒たちも、助けてあげているよね?」

女子生徒は兵たちに襲われることはなく、男子生徒も連行を免れた。そしてこれからも、普通に学院生活を送れるようにしてくれている。

「でも……出会った時は配達人だと……」

自分をだましたではないかとファビオを見た。

「嘘ではないだろう？　王子だと言わなかっただけで隠していたわけではない。あなたに聞かれれば正直に答えたよ」

どうだ、とばかりに返される。

「……確かに……」

ファビオの言葉に間違いはない。

彼が王子だとヴィオレッタも誰も気づかず、ファビオが城内を歩き回っても、咎める衛兵を置いていなかった。

明らかにこちらの失態である。

（……民を助けてくれるのなら……）

どのみち王都に着けば、王族としてヴィオレッタは処刑か投獄となる。この先も辱めを受けるのなら、潔《いさぎよ》く死を選んだ方がいい。

だが、民を助けられる望みが一縷《いちる》でもあるのなら、命を絶つ前にもう一度それに賭けてみたらどうだろう。

「……わかったわ……」

ヴィオレッタはうなずいた。

「約束は守るよ」

ファビオがヴィオレッタの腕を掴んで引き寄せる。

「きゃ……」

彼の方に身体が倒れ込んだ。

「あ……っ！」

驚いて立ち上がろうとしたが、ガタンッという音とともに馬車が動き出す。身体が反転してよろけ、ファビオの上に腰が落ちた。

「おっと、大丈夫か？」

彼の腿《もも》の上に、後ろ向きで座る形になる。

「ご、ごめんなさい」

慌てて立ち上がろうとしたが、ヴィオレッタの腰から前にかけてファビオの手が回された。

「このままでいいよ」

彼の腿の上に座っていろと言われる。

「で……でも……」

「馬車の中は狭いから、この体勢だと都合がいい」

耳元で囁かれた。

「……あ……っ」

吐息がヴィオレッタの耳にかかり、ぞくっとする。

「ふふ、耳が敏感だね」

嬉しそうに舐められた。

「あ……ふっ、だめ……」

耳朶《じだ》に吸い付かれ、くすぐったさに肩をすくめる。

「いい匂いがする。昨日も思ったが、あなたからは香水とは違う香りがするね。香袋を使っている？」

香袋とは、花や香草などを詰めた袋で、衣装部屋や引き出しに入れて使う。

「ええ……マーロウ公爵家に伝わる香袋……よ……っ！」

答えている途中で首筋に口づけられる。

「なるほど。公爵家秘伝のものか……あなたの実家は、南の方にある農園だと聞いている。そこで香草畑なども？」

「そ、そうよ……調べて……あるの？」

すでに自分の実家について情報を得ているような口ぶりだ。

「あらかた調べはついている。あなたの父上は足を悪くしていて、王都での勤めを辞して五年ほど前から領地の農園経営に専念しているのだよね？」

「ええ……」

やはり、と思いながら肯定する。

「年の離れた異母弟がいて、いずれはその子に公爵家を継がせる予定であるというようなこと

までは知っているよ」

ヴィオレッタの母親は幼い頃に亡くなっており、継母に育てられていた。

「そこまで……」

「戦は兵力とともに情報収集力が長《た》けている方が有利となる。基本だろう？」

問いかけながら、ヴィオレッタの胸元に手を滑り込ませた。

「あっ！」

ドレスの前を留めているリボンが解かれ、簡易なコルセットが現れる。

これから捕虜として連行されるのだからと、侍女の手を借りなくても脱ぎ着できる旅行用のものを着けていた。そのため、背後から手を伸ばしてきたファビオが簡単に脱がすことも、可能になっている。

中心の紐を緩めると、ヴィオレッタの乳房とコルセットの間に隙間ができた。

そこに長い指を持つファビオの手が入ってくる。

「あ……」

ヴィオレッタの乳房を取り出された。

すぐさま大きな手で覆われる。

（ああ……なんて……）

ゆっくりと乳房が揉まれている様子が、うつむいたヴィオレッタの目に映っていた。

恥ずかしすぎる光景に顔を背ける。

昨日もされたとはいえここは馬車の中。外と変わらぬところで淫らな姿にされるのは、たまらなく恥ずかしい。

「や……やめ、て」

ファビオの腕を掴んで首を振る。

「やめてもいいけど、マーロウ公爵家の農園もなくなるよ?」

脅迫の言葉が耳に届き、ヴィオレッタはビクッとした。

(なくなる……?)

肩越しにファビオを見る。

「大人しく私に愛されるのなら、他の貴族と同様にあなたの父上は公爵のままで領地もそのままだ」

本来なら王族であるので、マーロウ公爵家は取りつぶされなくてはならない。それを助けてくれるのだという。

「どうする?」

横目で問いかけられた。

(どうするって……答えは決まっているじゃない)

心の中で毒づく。

ヴィオレッタにとって、マーロウ公爵家はメルサナ王国と同等に大切なものだ。公爵家を存続させられるのなら、この羞恥にも耐えるしかない。ヴィオレッタはひとつ息を吐いて、ファビオの腕を掴んでいた手を放した。

「素直に私に愛される方を選んだんだね。賢明だ」

彼の嬉しそうな声に、ヴィオレッタは顔を背ける。

(愛なんかじゃないわ……)

これは陵辱だ。

コルセットから出された両胸を淫猥に揉まれ、乳首を舐《ねぶ》られる。馬車の中なのに、身体はファビオの手に反応していた。

「はぁ……あ……あ、もう」

二つ同時に擦られる乳首への刺激に、ヴィオレッタは息を乱す。

背後から身体を拘束されるようにして乳首を摘まれているため、動きは制限され逃げることはできない。

「ここを紅くして勃《た》たせると、うっとりするほど色っぽいね」

摘まむのを止めたファビオは、ヴィオレッタの肩越しに乳房を覗《のぞ》き込《こ》んだ。紅く勃起した乳首が乳房とともに、馬車の振動で揺れている。

「み……見ては、いや」

淫らすぎる光景に首を振った。

「では他のものを見ようか」

ヴィオレッタの腰を掴むと、浮き上がらせる。

「え……き、きゃっ」

馬車の向かい側の座席に押しやられた。

床に膝をつき、上半身がうつぶせで腕ごと座席に乗せられる。

「なにをっ」

振り向こうとしたけれど、ドレスのスカートとパニエが覆《おお》い被《かぶ》さってきた。

「あなたはお尻も色っぽい」

楽しそうな声とともに、下着のドロワが下ろされていくのを感じる。

(こんなところでそんな……)

下半身を丸出しにされてしまった。

「小さな孔《あな》もピンクの襞《ひだ》も、紅い豆も、良く見える」

乙女の秘部がすべてさらけ出されていることを言われる。

「……」

恥ずかしすぎてヴィオレッタは声も出せない。

(も……このまま死んでしまいたい)

けれど、この羞恥を耐えれば大きなものを得ることができるのだ。そのためにいましばらく、ファビオのなすがままにされていなければならない。

(心を石のように閉ざせばいいのよ)

唇を噛みしめた。

しかし……。

「……っ！」

淫唇をなぞられる刺激に、ビクッとする。

「相変わらず敏感だ」

後孔の蕾《つぼみ》を確かめるように指先で押さえたあと、再び指は淫唇を前に向かってなぞっていった。

「あ……ぁっ！」

淫らな刺激に声が出てしまう。

「今日はここをかわいがってあげよう」

前まで到達したファビオの指は、ヴィオレッタの包皮を開く。

「ひっ！」

普段は秘められている小水口が外気に晒《さら》されたのを感じた。

「ここ、どう？」

敏感な豆を指先でつつかれる。

「あんっ、やだ、そこ、か、感じる……やあっ」

びっくりするほどの強い刺激と熱い快感が駆け上がってきた。膝を閉じたいけれど、ファビオの足に阻まれている。

「すごく感じているね。腰が踊っている」

「だ、だって。や、やめて、も、しないで」

うつぶせたまま、くぐもった声で訴えた。

「うーん。どうするかな……この中を濡らすのにいいんだが」

豆から淫唇へと指を移動させ、蜜壺の入口を開く。

「あ……っ」

とろっと中から蜜が漏れたのを感じた。

「ああ、かなり感じたみたいだね。いい具合に濡れている。これならいいな」

納得の声とともに、淫唇に指ではなく肉棒が押しつけられる。

「あ、ああああっ」

ヴィオレッタは挿入される恐怖に震えた。昨日の引き裂かれるような痛みがふたたび襲ってくる……と思ったけれど……。

(それほどでも……ない?)

ぬぷぬぷと侵入してくる熱棒は、強い圧迫感を伴っているが痛みは少ない。

「ほう。もう私を覚えたようだ。優秀だね」

奥へ進ませながらファビオが嬉しそうに言った。

「ううう……んっ」

強い官能の波がやってくる。蜜壺の奥にある領域にファビオの竿先が到達すると、ねっとりとした快感が腰骨から広がってきた。

「は、あぁんっ」

思わず甘ったるい声を発してしまうほど、淫らな快感に包まれる。

「いいみたいだね。このあたりはどうかな」

ぐっと腰を押しつけられた。

「ああ、奥、んん、すごいっ」

思わず返事をしてしまう。

「それはよかった。ふむ。この体勢だと、昨日よりもずっと奥まで挿入《はい》るね。わかるかな？」

ぐうっと奥を押し上げられた。

「あああ……」

更なる刺激にヴィオレッタは喘いだ。

「うん。いいな」

ファビオは嬉しそうに抽送を始める。

「あっ、ひ……あぁっ」

あまりの快感に、ヴィオレッタは馬車の座席にしがみつく。後ろからファビオに腰を抑えられ、激しく突き挿れられた。

「や……そんな、強すぎ……あぁぁ」

「でもいいのだろう？　中が昨日と同じように熱く締まってくるよ」

背後からぎゅっと抱きしめられる。

捕獲された獲物を逃がすまいとしているかのように、覆い被さってきた。

昨日以上に強く深く、ファビオは熱棒をヴィオレッタに挿れていく。

「ひぅ、あんっ、あぁぁ……」

全身を巡る快感に震えが止まらない。ヴィオレッタは首を反《そ》らして、切なげな喘ぎ声を発し続けている。

「ああ、……も、もう」

官能の頂点が近づいていた。

しかしここは馬車の中だ。

（こんなところで達《い》くわけには……）

ヴィオレッタは必死に堪えようとするけれど、ファビオの熱棒は容赦なくいいところを刺激していく。

それでもなんとか我慢しようとしたのだが。

「射精《だ》すよ」

という声のあとに蜜壺の中に広がる熱には抗《あらが》えなかった。

「ひぁ……っ」

ファビオとともに、馬車の中で快感の頂《いただき》を極めてしまったのである。


「はぁ……はぁ……」

馬車の床に膝をついたまま、ヴィオレッタは向かい側の座席に上半身を預けている。快楽の頂点を越してしまったせいで頭が朦朧とし、息を乱していた。

「ごめん。つい夢中になってやりすぎてしまった」

ファビオの言葉と一緒に、ヴィオレッタの背中にふわりとしたものがかけられる。

(毛皮……?)

ファビオが纏っていたマントだった。毛皮で縁取られた柔らかなマントは、ヴィオレッタの身体をすっぽりと覆った。

そして……。

「あっ……」

くるっと包み込まれて、座席に横たえられる。

「まだまだ王都までかかるから、しばらくそのまま休んでいるといい。着替える際に新しいドレスや下着を侍女に持ってこさせよう」

ドレスとパニエが、ぐちゃぐちゃになってヴィオレッタの腰回りに丸まっている。

「ドレスがあるの？」

「あなたのドレスや宝飾品は、後方の馬車に積み込んである。マギーという侍女も一緒だ」

親指で後ろを示しながら答えた。

「マギーも一緒に来ているの？」

学院では、上級貴族には専属の侍女を持つことが許されていた。ヴィオレッタの身の回りの世話は、マーロウ公爵家から連れてきたマギーという侍女がしていたのである。マギーは初老の侍女で、実の母親を亡くしているヴィオレッタにとって母替わりでもあった。

「あなたが王都へ行くことを伝えたら、荷物と一緒に自分も連れて行ってくれと頼まれたのでね」

ファビオが答える。

「……そう……」

こんな事態になったのだからとりあえずマーロウ公爵家へ戻るようにと、伝えてあった。マギーにとって戻った方がいいに違いないのだが、本音を言えば気心の知れた侍女が一緒というのは心強い。そして、汚れたドレスを再び着なくていいことにほっとした。

「マギーを連れてきてくれてありがとう」

いくらマギーが望んだとしても、ファビオが許してくれなければ同行できないので、お礼の言葉を告げる。

「あなたはいい侍女を持っているね。彼女を大切にしたほうがいい」

「ええ……そうね……」

この先どうなるのかわからないが、ファビオのいうことにヴィオレッタはうなずいた。

(この人って……)

ファビオは自分の身体を二度も強引に奪ったひどい王子だけれど、細かい心遣いや優しさを持っている。おそらくこれがロドリゲスだったら、ヴィオレッタに対してこういう気遣いはしてくれないだろう。他の男子生徒も同様だ。

メルサナの若い男性貴族は、自分勝手で女性を蔑《ないがし》ろにする者が多い。王太子のロドリゲスがああいう人間なので、それが貴族の男性の基本的な振る舞いだと思い込んでいるのだ。

(こんなに最悪な状況なのに……)

ファビオがとても好ましい青年に見えて、自分の初めての相手がロドリゲスでなくてよかったとさえ、思ってしまう。

馬車の振動に身体を委ねながら、ヴィオレッタは心の中で溜息をついた。


馬車は学院から遠く離れ、王都へと向かっている。

歓声のような音が聞こえて、ヴィオレッタは目を開いた。

「あ……」

いつの間にか馬車の中で眠ってしまっていたらしい。ファビオのマントが暖かくて心地良かったのと、昨夜は凌辱されたあとほとんど眠れなかったからだ。

(馬車が止まっている……ファビオさまは?)

馬車にはヴィオレッタだけだった。馬車の窓を覆う布を少しずらして、外を覗《のぞ》いてみる。

「あれはなに?」

ボロボロの服を着た人々が数人、手を差し出していた。彼らの手のひらに、兵たちが何かを載せている。

「お菓子?」

丸い団子状のものが載せられると、皆、両手で持って大事そうに齧《かじ》っていた。

前方の荷馬車にも、大勢の人が群がっている。彼らもまた、荷馬車の袋の中から兵たちが出したものをもらっていた。

「配給？」

首をかしげていると、馬車の扉をノックする音が聞こえる。

「ヴィオレッタさま。ヴィオレッタさま。起きていらっしゃいますか？　マギーです」

侍女の声がした。

「起きているわ」

ヴィオレッタが馬車の扉を開けると、見知った侍女の姿が現れる。

「ああご無事で……」

マギーはヴィオレッタの顔を見て、ほっとした表情を浮かべた。

「こんなところまで一緒に来させてしまって、ごめんなさいね。さあ入って」

申し訳なく思いながらマギーを招き入れる。

「わたくしはいつでもヴィオレッタお嬢さまと一緒でございます。ドラスコスの王子さまより、お着替えを持ってくるように言われました」

ドレスの箱を手に、マギーが馬車の中に入ってきた。

「ありがとう。助かるわ」

マギーの手を借りてヴィオレッタは着替えを始める。

「ねえ。ここはどこか知っている？　あの者たちはなに？　物乞い？」

着替えながらマギーに問いかけた。

ヴィオレッタがいた貴族学院は海に近い旧王都で、これから連行される王都は山側で川の中流域にある。

「わたくしにもよくわかりませんが、川沿いにある街のようですよ」

「ここが街？」

崩れた土手や崩壊した家屋が並んでいる。どれも泥に半分以上埋まっていて、人が住めるような雰囲気ではなかった。

「川が氾濫したというような話を耳にしました」

「そういえば……そんな話を聞いたことがあるわ。でもあれは外国の話ではなかったかしら」

メルサナは細長い国である。西側に隣国との国境を兼ねた山が連なり、東側に海が広がっていた。今いるところは山裾の道で、麓に流れる川に沿っている。

マギーと入れ替わるように、ファビオが馬車に戻ってきた。

「ああ、そのドレスも似合うね、美しい。さあ休憩は終わりだ。出発するよ」

ヴィオレッタのドレスを見て笑みを浮かべると、ファビオは向かい側の席に腰を下ろす。

(美しい……なんて……)

男性からほとんど言われたことがなかった。それにもしロドリゲスから言われても、嫌みにしか聞こえないだろう。

だがファビオに言われるとなぜか素直に受け入れていた。

(う、嘘かもしれないのに……)

それでも嬉しいと感じてしまうのだが、それよりも……。

「あ、あの、この街はなんなの？　どうしてこんなに荒れているの？」

ヴィオレッタが質問すると、それまで笑みを浮かべていたファビオの表情は一瞬で真面目な表情に変わった。

「あなたは、ここを知らないのか？」

厳しい目を向けられる。

「え、ええ……初めて見たわ。あの人々はなに？」

ファビオの視線にびくっとしながら問い返した。

「彼らはこの街の住人で、あなたの国の民だよ。そしてここは、先々月の洪水で被害を受けた街だ。彼らは家も食べ物も、人によっては家族も失い、ここで難民となっている」

「難民ですって？　き、聞いてないわ」

首を振ってヴィオレッタは言い返す。

「メルサナの国王以下、重臣や上級貴族たちが見て見ぬ振りをして、うち捨てたからね」

「そんな……だってここは、メルサナ王家が直轄している地域よ。手厚く保護されなくてはならない土地だわ」

　国境沿いの山裾はすべてメルサナ王家が直接管理している。他国からの侵略に備えるだけでなく、自国の有力な貴族に王位を簒奪《さんだつ》されないようにするためだ。王位継承権を持つマーロウ公爵家が、王都から遠く離れた南部の領地にあるのも、王国を乗っ取られないようにするためという噂がある。

「うち捨てるなんて信じられない」

　ヴィオレッタは眉間に皺を寄せて窓の外を見た。動き出した馬車の窓に、悲惨な風景が映し出されている。

「自分たちの失政を隠したかったのだろう」

　呆れた口調でファビオが言う。

「失政のせいでこうなったの?」

　ヴィオレッタは眉を寄せてファビオに訊ねる。

「周辺地域の国々から海に通じる水路をつくる話は前に言ったよね?」

「ええ……」

　憶《おぼ》えているとうなずく。

「メルサナ王国は水路が自国を通ることを拒否し、壁まで造ってしまったんだ」

「壁の建設については知っているわ。水路が通ることによって敵が入りやすくなるのを危惧しているから、侵入を防ぐために建設したのだとロドリゲスが言っていたの」

ヴィオレッタは思い出したことを告げる。

「だがそのせいで、メルサナ王国の手前で水路を大きく蛇行させ、遠回りで海への水路を建設しなくてはならなかった」

「水路は完成したの？」

「したよ。しかし、先月までの雨期で想定外に大量の雨が降った。特に先々月の大雨では、メルサナが国境に造った壁を破壊する勢いで水が流れた。メルサナに流れる小さな川にも大量の水が流れ込み、あちこちで大氾濫を起こして街を壊していったんだ」

メルサナはほとんど治水工事をしていなかったので、被害が拡大したらしい。

「そんなことがあったなんて……誰も教えてくれなかったわ」

愕然《がくぜん》とする。

「内乱が起きるかもしれないほどの被害が出たからね。だが、このことを隠蔽したせいで、被災地への支援が止まってしまった。我々が侵攻して難民たちに物資を配るまで、相当苦しい生活を強いられていたようだ」

ファビオの言葉をヴィオレッタは悲痛な思いで受け止めた。

「先ほど兵たちが配っていた小さなお菓子のようなものは？」

「あれは兵糧の一部だよ。学院の制圧に手間も時間もかからなかったから、王都へ行く途中にいる難民へ配ることにしたんだ」

丸いのは兵たちの携帯食料だったのである。

「なんてことなの」

ヴィオレッタは馬車の窓枠を握り締めた。前方の荷馬車から投下される支援物資の袋を、人々が必死になって拾っている。その姿を見つめて顔を顰めた。

「行きには事前に用意していた支援物資を配ったが、全然足りていなかった。我々の侵攻があと半月遅れていたら、このあたりの民は生きていなかったかもしれないね」

やせ細った人々にファビオが厳しい目を向けている。

「王都から支援が来なかったなんて……」

今でも信じられないが、目の前に突き付けられた現実で思い知らされた。

「行きに見聞きしたところによると、王都に近づくにつれて被害が大きくなっているから、ここまで手が届かなかったようだ」

王都が近いと人の数が多くなり、家屋敷の数も増える。そのせいで大勢の難民が発生し、いくら支援しても追い付かない事態となった。

「メルサナ王家はあまりに甚大な洪水の被害を見て、支援するよりも打ち捨てることに路線を変更したらしい。災害救助をすることによって国の財政が圧迫され、国力が低下することを危惧したのだろう」

「民を見捨てたのね……」

ヴィオレッタはメルサナ王家と重臣たちの愚かな政策に、強い嫌悪を感じた。これまで誇りに思っていたメルサナ王国が、彼らによって穢《けが》されたのである。

王都に近い街は壊滅的な被害を受けていた。援助の手が届かずなすすべもない人々が、他国の兵たちが配る支援物資に群がっている。物乞いのように手を差し出す姿に、ヴィオレッタの胸が締め付けられた。

「こんなことになっているなんて……ひどい」

涙を浮かべて馬車の外を見つめる。

ヴィオレッタたちがのうのうと学院生活を送り、王城では貴族たちが享楽的に遊び暮らしているすぐ近くで、人々は食べるものもなく苦しんでいた。

「来年の雨期も同じような量が降れば、同様の事態に陥るだろう。それはメルサナだけでない。水路が通る我がドラスコス王国が支配している地域にも、被害が及ぶ」

だからドラスコス王国はメルサナを侵略しにきたのだ。突然侵略してきたのではなく、何度も警鐘を鳴らしていたのに、メルサナ王家が無視していたからである。

この惨状と今後起こりうる被害を食い止めるためには、こうするしかなかったのだろう。

「わたし……メルサナの上級貴族の人間として、こんなに恥ずかしくて悔しい思いをしたことはないわ……」

ヴィオレッタは窓枠を握り締め、嗚咽《おえつ》に近い声でつぶやく。ロドリゲスに婚約破棄をされ、貴族の令嬢や青年たちに馬鹿にされて笑われたり、ファビオの慰み者にされても、ここまで衝撃を受けたりしなかった。

「うっ……ふっ、うぅ」

涙が溢れ出る。

「そんなに悲しそうに泣かないでくれ。あなたのせいではないのだから」

ヴィオレッタの背にファビオが手を乗せる。

「わたしにも……せ、責任があるわ……」

知らなかった、で済まされるようなことではないのだ。

「あんなに……苦しんでいる民が、いるのに……こんなことになるまで、き、気づけなかった……のよ」

嗚咽混じりに訴える。

ヴィオレッタの家があるマーロウ公爵家は南部にあるため、今回の水害とは関係がなかった。それゆえに、情報が入ってこなかったということもある。だが、知らないからといって責任がないわけではない。上級貴族なのだから、それらのことを把握して対策を講じる義務を担《にな》っている。

王族や上級貴族が罰を受けるのは当然だ。あの惨状を見たら、処刑されても仕方がないと思う。

「……あなたは民を思いやる人だったんだね」

ファビオが優しくヴィオレッタを抱き寄せる。

「……わたし、自分が情けない。恥ずかしい……」

涙を流しながらファビオの胸に頭をつけた。

ファビオは嘘つきで強引な支配者だ。信用してはいけないとわかっていても、傷ついたヴィオレッタの心は彼に縋《すが》ってしまう。

「こんなに悲しむのだったら……ここは急いで通り過ぎて、あなたに見せないようにすればよかった」

よしよしというふうにヴィオレッタの背を撫でながらファビオがつぶやく。

「いいえ、見せていただいて、か、感謝しています」

ヴィオレッタは涙でぐしゃぐしゃになった顔を上げた。

「あなたをそんなふうに悲しませたくはなかったのに……」

困った表情でファビオが首を振る。これまで自信たっぷりな笑みで余裕を見せていた彼が、別人のように消沈している。

（わたしを……本当に思いやってくれているの？）

二度も自分の身体を奪った男だ。しかも嘘つきである。

それでも、彼の態度と優しい手は、嘘だと思えない。もし嘘だとしても、今だけは絆《ほだ》されていたいと思うほど、ヴィオレッタは衝撃を受けていた。

「ほ、他の街でも……このようなことが、起こっているの？」

恐る恐るファビオに問いかける。

涙で歪《ゆが》んでいるヴィオレッタの瞳に、彼が苦しそうにうなずくのが映った。

（ああ……やっぱり……）

唇を噛みしめながらヴィオレッタは目を閉じた。大粒の涙が頬を伝い、ぽたぽたと落ちていく。

「残念ながら……ここよりひどいところもある……」

「あなたの国が攻め込んできた理由が……よくわかったわ……」

こんなことを放置して、変わらず享楽的な生活を送っている王侯貴族に国を任せてはおけない。メルサナ王国だけの問題なら放置するだろうが、ドラスコス王国や他国にまで影響を及ぼしているのだ。

「わたしたちは死刑に値する罪を犯していたのだわ。このことを胸に、王都で潔《いさぎよ》く処刑されます。それが今のわたしにできる民への償いだわ」

泣きはらした目でヴィオレッタはまっすぐにファビオへ告げる。

ロドリゲスは泣きわめくだろうが、彼もまた死罪に値する立場だ。

「死ぬことが償い？　……それはちょっと甘いのでは？」

首をかしげて、ファビオはヴィオレッタに目線の高さを合わせる。これまでの優しい笑顔ではなく、難しい表情をしていた。

「な、なぜ？」

「あなたが死んでも、苦しんでいる民は誰も楽にならないよ？」

呆れたように首を振っている。

「それは……そうだけれど、わたしにはそれくらいしか……できることはないわ」

困惑しながら答えた。

「できるだろう？　学院で貴族たちを助けたように、これからもすればいい」

ファビオの提案に、ヴィオレッタは眉間に皺を寄せる。

「……い……意味が……わからないわ」

「わかっているはずだ。私は支配者側の権力者だ。第二王子とはいえ、私の一存で今後のメルサナをどうにでもできる」

挑むような目を向けられた。

「こ……今後も……あなたに？」

身体を差し出して、メルサナの難民を救えということなのかとファビオを見返す。

「もちろん選択権はあなたにある。女性にとっては死よりも辛いことくらい、私にもわかるからね。だからこその取引だ」

「ずっと……あなたの好きにされろ……と？」

硬い表情で問いかけた。

すぐさまファビオはそうだとうなずく。

「あなたが私のものでいる限り、メルサナの民はドラスコスの民と同じように扱う。徴税も義務も同等で、災害などでは支援をして手厚く保護しよう」

崩壊した街を立て直すように、ドラスコス本国へすぐに依頼するという。

「ひ、卑怯よ。そんな条件を出されたら、わたしが拒絶できるはずがないわ」

先ほど公爵家を盾に迫られた時と同じである。

「卑怯かもしれないが、あなたは被災した民を助けられる。メルサナを統治する間、私も楽しめる。利益は双方になければならないだろう？」

「……」

確かに、タダでメルサナの民を助けてくれと頼んでも、一蹴されてしまうだろう。ドラスコスにそんな義理はないのだ。

考えるまでもないことだと、ヴィオレッタは決意する。

公爵令嬢という矜持《きょうじ》に拘《こだわ》るなら、ファビオの性奴隷となって民を助けてもらうことを選ぶべきだと。

「わかりました。あなたのものに……なります……」

ヴィオレッタは要求を受け入れた。

頭を下げたままのヴィオレッタの目に、ファビオの指先が映る。彼の指はヴィオレッタの顎に触れて、ぐっと持ち上げた。

「約束は守る。あなたも、約束の証《あかし》を……」

ヴィオレッタの頬を両手で包む。

「証?」

問いかけるヴィオレッタの顔に、ファビオの美貌が近づいてきた。

「そう。まずは誓いの口づけから」

（く、口づけ?）

驚いて目を見開いたヴィオレッタに、ファビオの形のいい唇が重ねられる。

「んっ……ん!」

これまでファビオとは、淫らな交わりを二度した。けれど、こんなふうに口づけをしたことはない。

そして、ヴィオレッタにとって、異性との初めての口づけだった。

彼の唇から濡れた舌が出てきて、ヴィオレッタの唇や歯列をなぞってくる。

「は……う」

驚きとくすぐったさに声を発すると、ヴィオレッタの口腔《こうこう》に彼の舌が入ってきた。

「ん……ぅ」

温かくて肉厚な舌は、ヴィオレッタの戸惑う舌を探り当て、絡みついてくる。

互いのだ液が混ざり合い、くぐもった水音がした。

ファビオから美味しそうに貪られている。口づけをしているだけなのに、ぞくぞくするような淫猥な感覚に襲われた。

(こんな……)

誓いの口づけが、長く、長く続いている。

馬車の振動と淫らすぎる口づけに、ヴィオレッタの意識がぼうっとしてきた。

身体の力が抜けきった時、やっとファビオの唇が離れる。

「はあ……思った以上に美味だった」

感嘆の声が聞こえた。

目を開くと、ファビオの紅潮した顔が見える。

(なんだか嬉しそう……)

そんなに自分を性奴隷にしたことがいいのだろうかと首をかしげた。

ヴィオレッタの胸はそれほど大きくない。色気があるとは思えない。他に魅力的な身体をした令嬢はたくさんいた。ロドリゲスが夢中になったシェリーなどは、豊満な胸に細い腰をしていて、かわいらしい顔をしている。

そしてなにより、毒舌令嬢と言われたくらいヴィオレッタは発言に遠慮がない。性奴隷にするのなら、控えめで可憐《かれん》で魅力的な令嬢たちの方がいいと思う。

(変わり者なのかしら)

ヴィオレッタの顔をじっと見つめているファビオを見返す。

「もっともっと誓いたいな」

笑みを浮かべて告げられた。

「え……あの……」

本気でそう思っているのだろうか。それとも冗談なのか。

彼の言葉に戸惑う。

「わかっている。続きは王城に着いてからにしよう」

第四章　新しい婚約者

メルサナの王城は、王都の中心にある。

すでにそこは、ドラスコスの王軍に制圧されていた。

国王と重臣たちは捕らわれて、王城北にある塔に幽閉されているらしい。

王城に着いたヴィオレッタは、落胆しながら城の中に入った。

（一昨日に制圧されていたというのに、学院への報《しら》せがまったく届かなかったなんて……）

その理由はわかっている。

王都に入ってからここまでの道中、街の人々はファビオの軍隊を熱烈に歓迎していた。往路で災害に見舞われた人々に、援助物資を配って進軍していたからである。感謝をする者たちはいても、侵攻を国の一大事として報せに走る者がいなかったのは当然の結果といえる。

王や上級貴族たちがあまりにもダメすぎて、すでに民から見限られていたのだ。

（いずれここで、王太子妃や王妃になるはずだったのに……）

幻の未来になってしまったと、ヴィオレッタはホールになっている入口に立つ。

「無礼者！　僕は王太子だぞ！　に、荷台に乗せたことを許さないからな！」

ロドリゲスの声がして振り向いた。王城に着いて気が大きくなったのか、偉そうに叫んでいる。

「荷台にはもう乗せねーよ。次からは歩いてもらうからな！」

将軍のグレイブルがロドリゲスの首につけていた紐を引っぱった。

「ひぃいっ、やめろ、何をする！」

ロドリゲスが悲鳴を上げる。

「何にもしねーよ。とにかく北の塔で大人しくしてろ」

グレイブルはロドリゲスを引きずるように歩き出す。

「北？　北の塔だと？　あそこは罪人が入るところだぞ、や、やめろ、引っ張るな、ぐがあああ……」

暴れた拍子にロドリゲスはよろけ、王城の床に転がった。

「ったく世話が焼けるな。おい立ち上がらないとこのまま引っ張るぞ」

グレイブルがぐいぐいと引く。

「い、痛い、痛い、わ、わかった、引くな、待ってくれ」

石の床を引きずられる激痛に顔を歪め、ロドリゲスが立ち上がる。その時、王城の入口付近で見つめていたヴィオレッタに気づいたようだ。

「お、おまえも塔に来るのか？　あの王子に散々弄《もてあそ》ばれたんだろう？」

眉を上げて、侮辱的な言葉を投げかけられる。

「そんな穢れた身体じゃ二度と俺の妃にはなれないな。でもまあ、暇つぶしに可愛《かわい》がってやってもいいぞ。へへへ」

下卑た笑い声が届く。

「なっ……」

あまりに失礼な言葉にヴィオレッタは顔を歪めた。

すると……。

「そもそもおまえは、王太子ではないだろ」

よく通る声があたりに響き渡った。

「ファビオさま……」

ロドリゲスとの間にファビオが立ち塞がる。

「ぼ、僕はこの国の王太子だ。生まれた時から、き、決まってたんだ！」

背の高いファビオの迫力に顔を引き攣らせながらも、ロドリゲスが言い返している。

「ヴィオレッタも王位も、永遠におまえのものにはならないよ」

冷たくファビオが言い放つ。

「こ、こんな傷ものの可愛げのない女など、こっちからお断りだ！　汚らわし……ごがっ！」

言い終わる前に、ファビオが鞘のついた剣でロドリゲスの頬を殴った。

「うおおぉぉ！」

ロドリゲスが再び床に転がる。

「な、なにをす……っ！」

頬を押さえて身体を起こしたロドリゲスは、目の前に突きつけられた切っ先に言葉を詰まらせた。

「マーロウ公爵令嬢に対する侮辱罪だ。ここで切り刻んでやる」

剣を抜いたファビオは額に青筋を走らせ、緑色の瞳をカッと見開いている。ヴィオレッタから見える彼の横顔に、燃え上がるような怒りを感じた。

「ひいぃぃ」

ロドリゲスは床の上を這《は》いずり回っている。恐怖で腰を抜かしたらしく、立ち上がれないらしい。

「ふんっ」

ファビオはロドリゲスに向かってしゅっと剣を薙《な》ぎ払《はら》った。

「え……？」

茶色いロドリゲスの前髪が、ハラハラと床に落ちていく。

「ああ、僕の……髪が……」

（すごいわ……）

剣の動きを追うことができないほどの速さだった。前髪がなくなったロドリゲスは、情けない顔つきになっている。

「次はおまえの鼻を削《そ》ごう。その次は耳だな」

ぞっとするほど冷たい声で告げると、ファビオがゆっくりと剣を持ち上げた。

「や、やめてくれ、お、お願いだ。許してくれええええ」

ロドリゲスは土下座をし、悲鳴のような声を上げて叫ぶ。

「許せないね。おまえの婚約者だったマーロウ公爵令嬢は、死よりも辛いことを受け入れて国や民を助けたんだ。おまえもせめて苦しみながら死ねよ」

ファビオが首を振った。

「い、い、い、いやだ。死にたくない。ヴィ、ヴィオレッタ！　おまえも僕を許すように、言ってくれよおぉ」

顔を上げてロドリゲスが請う。

「わたしは……あなたを助けてあげたいとは、思えないわ」

硬い声で答えた。

「さ、さっき言ったのは、謝る。あれは、じ、冗談だったんだ。本気じゃないんだ。侮辱する気なんて、なかったんだよ」

更に下手に出て訴えてくる。

「わたしへの侮辱なんて、どうでもいいことだわ。それより、ここに来るまでに街を見たでしょう? あれは王族のあなたやわたしたち上級貴族のせいなのよ?」

咎める視線をロドリゲスに向けた。

「へ? ここに来るまでに、なんかあったのか?」

まるで覚えがないという感じで首をかしげている。

「こいつここまでずっと荷台でグウグウ寝ていたからな」

呆れた表情でグレイブルが告げた。

「寝ていて見ていなかったの?」

「ゆ、昨夜は馬小屋だったから、よく寝られなかったんだ」

それで荷馬車の揺れに眠ってしまったのだという。

「どうしようもないやつだな」

ファビオが溜息をつく。

「こいつに殿下の剣を汚す価値はありませんぜ。俺が代わりに切り刻んでやりましょう」

グレイブルが提案する。

「いや、私がやる。ヴィオレッタを傷つけた罰を与えて、彼女の名誉を守るのは私の役割だ」

ずるずると後方へ逃げようとしているロドリゲスに、ファビオが近づいていく。

「く、くるな、やめろ！　やめてくれぇぇ」

情けない声をロドリゲスが発する。

「うへっ、こいつ漏らしやがった」

グレイブルが鼻を摘まんだ。

ロドリゲスの腰回りに、濡れた染みが広がっている。

「恐怖で失禁したか……」

ファビオはロドリゲスの醜態に不快な表情を浮かべた。

「……」

ヴィオレッタは見ていられず、顔を顰めて横を向く。

「気分が悪くなった？」

「……少し……」

問いかけにヴィオレッタはうなずく。

「そうだな。ご婦人に見せるようなものではないな」

ファビオは剣を鞘に収めた。

「それに、こいつの血でこれ以上ここを汚すのも憚《はばか》られる。処刑はあとにしよう」

グレイブルへロドリゲスを塔へ連れていくように命じた。

「とりあえず中へ」

城の奥へいざなわれる。

ヴィオレッタの背後でロドリゲスの叫び声が聞こえた。

「ぼくわあ！　王太子だぞ！　おまえらあ！　ゆるさないぞおおお。ひははは、ふひゃふひゃひゃ」

最後は意味不明の笑い声を上げている。正気を保っていられなくなったようだ。

（今度はそういうふうに逃げるのね……）

ロドリゲスに同情などできない。現実世界から身も心も逃避したいのは、ヴィオレッタも同じだ。でも、それをしたら、苦しむ民を見捨てることになる。

ヴィオレッタは振り向くことなく城の中を進んだ。緋色《ひいろ》の絨毯《じゅうたん》が敷かれた大理石の廊下には、あちこちに穴が開いている。壁や柱も傷ついていた。

城内でいくばくかの戦闘があったのだろう。ところどころに、ドラスコス王国の紋章をつけた衛兵が立っている。

（ここは完全にメルサナではなくなったのね）

最後に訪れたのは三年前、メルサナ貴族学院に入学する直前だった。学院に入学する上級貴族の子女たちが集められ、宴が開かれたのである。

ロドリゲスの母親である王妃から、王太子の婚約者としてしっかり学ぶようにと、言葉をかけられたのを思い出す。

（王妃さまが生きてらしたら、この状況をさぞかしお嘆きになったことでしょう）

あのあとすぐに流行病《はやりやまい》で亡くなってしまったのだ。

「まだ気分が悪いのかな？」

うつむいて歩くヴィオレッタにファビオが声をかけてくる。足を止めて心配そうに顔を覗き込まれた。

「いいえ、大丈夫……」

ファビオを見てうなずく。

「これから謁見の間で、私の兄上に会ってもらうことになっている」

「……ドラスコス王国の王太子殿下でしょうか？」

ヴィオレッタが幼少の頃、王太子に立太子したのは知っている。その際に届いた肖像画も見た記憶があった。

「そうだ。この件が落着したら、父上は引退し兄上がドラスコス国王に即位する」

実質的なメルサナの支配者ということだ。

「わたしたちの処分を、これからその方が決められるのね」

（ロドリゲスとともに処刑されるのかもしれない）

覚悟をしなくてはと心の中で決心する。

「いや、あなたの処分はもう決まっている。先ほど約束したよね」

ファビオが首を振った。

「そうだけれど……」

ファビオがヴィオレッタに飽きたあとのことは決まっていない。慰み者として弄ばれたあと、無罪放免にはならないはずだ。

(仕方がないわ)

自分の身体と命は、メルサナの民のために使うと決心したのである。それ以外のことをうじうじ考えても、今のヴィオレッタにはどうにもできない。

「約束を守れば、民を助けてくだるのよね?」

「そうだよ。だから、兄上のアンドルーの前では、私の言う通りにしてくれ」

真剣な表情で言い渡される。

「わかりました」

「そう、わかりました、と言っていればいいからね」

念を押すように言うと、ファビオは謁見の間に向かった。彼の背中に緊張のようなものが感じられる。

(もしかして、ドラスコスの王太子殿下って恐ろしい方なのかしら)

国王に代わって軍を率い、各国を支配してきた人物だ。遊び呆けているメルサナはあっというまに制圧されたが、他の国は簡単ではなかっただろう。

謁見の間の入口には、屈強な衛兵が立っている。次期国王を守るため、ドラスコス王軍の精鋭を配備しているようだ。

こんな当然なことすらしていなかったメルサナ王家は、重篤な平和呆けだったと思いながらヴィオレッタは謁見の間に入る。

「え……？」

謁見の間の上段に、小柄な男性が座っていた。髪と瞳の色はファビオと同じだが、温厚そうな表情をした中年男性である。仕立てのいい貴族服を身に着けていた。品と風格を備えているけれど、華美ではない。

「ああ、マーロウ公爵令嬢だね。よく来てくれた」

柔らかな笑みを浮かべてうなずいた。

「お初にお目にかかりますアンドルー王太子殿下。ヴィオレッタ・マーロウです」

膝を折り、頭を下げる。

「顔を上げなさい。話は聞いている」

「もうお話が？　ありがとうございます」

メルサナの民を助けてくれるのだと、ほっとしながらお礼の言葉を告げた。

「こいつは我儘《わがまま》で気難しいところがあるから大変だろうが、よろしく頼む。妃として支えてやってくれ」

アンドルーからにこやかに頼まれる。

「はい?」

(妃?)

聞き間違いだろうかと、横にいるファビオを見た。

「二人で力を合わせて、新しい王国を築いていく所存です」

前を向いたままファビオが答えている。

「すばらしいことだ。王妃として、力を尽くしてくれ」

ヴィオレッタに向かってアンドルーが告げた。

「おうひ?」

はっきりと聞こえた。

「私はすぐにドラスコスへ戻る。このメルサナは弟のファビオが統治するにあたり、国王に即位するのは聞いているね? だからそなたも王妃だ」

アンドルーの説明に、ヴィオレッタは驚いて目を見開く。

「先ほど言った通りに答えてくれ」

ファビオから低い声で命じられる。

「わ……かり……ました」

(って、何をわかったというの?)

自分は敵国の王太子の元婚約者で王族の血も流れている。今後はファビオが弄んだあと処刑されるのではなかったのか。

「ではまた、状況が落ち着いたらゆっくり今後のことも話そう」

アンドルーが腰を上げる。

「私は妃が出産を控えているので、急ぎドラスコスに戻る。あとは頼んだぞ」

アンドルーがファビオに告げた。

「お任せください」

ファビオが胸に手を当ててうなずく。

「これから新王としてここを統治するのは、困難が多いだろう。難題も多く出ている。ファビオの力になってやってくれ」

驚きの表情のままでいるヴィオレッタに告げると、アンドルーは謁見の間から出ていった。

「ど、どういうことなの？」

すぐさまファビオに問いかける。

「兄上は父上の代理でドラスコスとその周辺諸国を統治しなくてはならないから、メルサナは私に任せてもらうことになっていたんだ」

ヴィオレッタを見て答えた。

「そうじゃなくて、王妃って！」

どういうことかと再度問う。

「聞いた通り、メルサナを新しい独立国にして私が統治することになった。だから国王と王妃になる」

よろしくと、ヴィオレッタの肩にファビオが手を乗せる。

「……な、なぜわたしが妃なの？」

まったく話が噛《か》み合わない。四日前に会ったばかりで、国を侵略され、ヴィオレッタは慰み者の立場にいるのだ。

「えっと……だから、……ここの民を助けたいのだろ？　それには、ほら、私の妃であれば、色々と都合がいいではないか」

「都合？」

「難民や被災地を助けるには相応の費用が必要だ。私の妃の出身地を助けるという名目なら、ドラスコスから援助を得やすい」

「……え、ええ」

「それに、妃としてメルサナの貴族たちを束ねてもらえると、私が助かる」

そこで、ヴィオレッタは気づいた。

侵略した国を統治するのは簡単なことではない。以前の権力者から協力を得ることで、かなり有利に進められる。

「そういうことね……」

ファビオの言葉に納得する。

「これからこの城で、あなたは私の妃として過ごしてくれるね？」

「わ……わかりました……」

少し腑《ふ》に落ちないところもあるけれど、とりあえずうなずいた。


その日のうちに、アンドルーはドラスコスに旅立った。

ロドリゲスはふたたび荷台に乗せられ、元国王や重臣たちとともにドラスコスへ連行される。

騒ぎ疲れたのか、ロドリゲスは荷台でぐったりしていた。

「彼らはどうなるの？」

「しばらく幽閉したのちに、強制労働だろうな」

ドラスコス国内にある崩壊した水路の修復工事をさせるのだという。

(それくらいさせないと、自分たちの罪を思い知ることはないわね)

ヴィオレッタも仕方がないと思った。

彼らを見送ると、ファビオがメルサナ王城の主となった。

そして……。

「さあ、昼間に約束したことをしようか」

ヴィオレッタの腕を掴んだ。

「昼間の約束って?」

ファビオに問いかける。

「馬車の中でした口づけの続きだよ。私の妃になる約束だよね?」

「え? でもあの、妃になることは……」

馬車では約束していないと首を振る。

「細かいことは気にしなくていいよ。便宜上のものだと思えばいい。私はあなたを手に入れて、あなたは民を助けられる。それでいいだろう?」

答えながらファビオが歩き出す。

(敵国の女性を慰み者にすると外聞が悪いから、妃にしたということ?)

妃であろうと慰み者であろうと、されることは一緒だ。そして今のヴィオレッタに、拒否する権利はない。

ヴィオレッタは諦めてファビオについていった。

数日前までメルサナの国王が使っていた寝室にいざなわれる。メルサナ王家の紋章がついていた天蓋やカバーなどは取り替えられ、装飾品もすべて印のないものになっている。

ベッドに座らされ、ヴィオレッタの頬にファビオの両手が添えられた。

「これからあなたは、私の妻でありメルサナ王妃だ」

深みのある緑色の目でヴィオレッタを見つめ、唇を寄せてくる。

「ん……う」

彼の唇がヴィオレッタの唇に重ねられた。

二度目の口づけ。

一度目同様に、ヴィオレッタの口腔に舌が侵入し、歯列がなぞられ舌を探られる。

（ど……して……）

たったこれだけの触れ合いなのに、ドキドキが止まらない。自分は妃という名の慰み者なだけなのに……。

身体の奥に熱がくすぶる。

美しい男性に強く抱き締められ、唇を合わせて、舌を絡ませあう。それがとても淫らで、胸の鼓動がヴィオレッタの頭の中にまで響いてきた。

「うん。美味だ」

唇を離すと、満足そうな言葉をかけられる。

「あ……の……なにを？」

ドレスのリボンに手をかけたファビオに訊ねた。

「あなたのすべてに、約束の口づけをする」

「はい？　すべ……て？」

止める間もなく、リボンが解かれ、ドレスの衿《えり》が開かれた。

「あ、あの……キスだけでは？」

問いかける間にも、ドレスの上部が下ろされてコルセットも緩められている。

「そうだよ。この身体が私のものになった印を、全身につける」

ヴィオレッタの首筋に口づけをしながら、コルセットが外された。

「そんな……あっ、く、くすぐったい」

鎖骨のあたりに口づけられて身体を捩《よじ》る。

「いい肌だ。唇に吸い付いてくる」

肩や脇腹、乳房の下にまで、ファビオが口づけてきた。

「あ、も、やめて、くすぐったくて……ひぁ」

逃げるようにファビオに背を向けたら、そのままベッドに押しつけられる。腿から上がうつ伏せ状態で倒れた。

「この綺麗な背中も、私のものだ」

ファビオは背後から覆い被さるようにして、ヴィオレッタの背中に口づけた。

「……っ、あ、ううんっ」

肩甲骨の下を吸われ、その刺激に悶《もだ》える。

(そんなところが……感じるなんて……)

自分の身体のはしたなさに戸惑う。

ファビオは背中のあちこちに口づけをしながら、ヴィオレッタのパニエから下着のドロワまで引きずり下ろした。

「ああ、や……」

腰や臀部《でんぶ》の丸い双丘にも、口づけられる。太腿《ふともも》の裏などは未知のくすぐったさがあって、足がバタバタしてしまった。

「どこもかしこも美味しい」

丁寧にヴィオレッタの足先まで口づけた。

「次は前だね」

くすぐったさに翻弄されてぐったりうつ伏せていたヴィオレッタの身体を、ファビオがくるりとひっくり返す。

「あ……やんっ」

とっさに乳房を手で覆うが、首を振ったファビオからすぐに外されてしまう。

「ここにはしっかり印をつけないといけないからね」

天井に向いている乳首に向かって、ファビオの顔が近づいていく。彼の形のいい唇に、乳首が覆われた。

すぐさま強く吸われる。柔らかな乳首がファビオの口のなかへと引っ張られた。

「ああっ!」

これまでにない刺激に、ヴィオレッタは声を上げる。

「こっちも」

同じように反対側の乳首も吸われた。

ファビオの唇が離れると、紅くなった乳首がビクビクと震えている。ジンジンとした熱さがやってきて、いやらしい快感に囲まれた。

「いいね。綺麗だ」

紅く色づいた乳首を満足そうに見下ろしている。

(やぁ……)

恥ずかしすぎて見ていられない。

そのあとも、乳房の周りや脇腹、太腿やふくらはぎなど、あらゆる場所に口づけていく。

夕暮れてきたのでそれほどはっきりは見えないが、ほんのり紅い印がヴィオレッタの全身につけられていた。

「明日には消えるくらいの強さにしてあるから、安心していいよ」

恥じらうヴィオレッタにささやく。

「こ……れで、終わり？」

問いかけに、にっこりと笑ってファビオが首を振った。

「最後にここへ……」

ヴィオレッタの膝裏を持ち上げ、乙女の秘部を露わにする。

「え？　まさか……や、だめ、そんなところ！」

狼狽するヴィオレッタを横目に、ファビオは秘芯に向かって唇を近づけた。

ちゅっという音が、強すぎる快感の刺激を運んでくる。

「ひあぁ……」

ファビオの頭を両手で押さえて背中をのけぞらせた。全身に痺れるような快感が伝わってくる。

（こんなの……初めて……）

これまでとは違うはっきりとした刺激に、意識が飛びそうになっていた。

「契約の印をつけ終わったから、あとはご褒美をいただこうかな」

顔を上げたファビオは、再びヴィオレッタの膝裏を押し上げる。

朦朧とした意識の中で、淫唇が肉棒で開かれたのを感じた。

「あ……あ……ん……」

官能の沼に沈んでいたヴィオレッタは、小さく喘いでいる。

「少し刺激が強すぎたかな？」

ぼうっとしているヴィオレッタの蜜壺に、自身を挿入しながら顔を覗き込んだ。

「ああ……」

吐息混じりに声を発し、ヴィオレッタはファビオに手を伸ばす。

「すごいな……色っぽさが溢れている……」

抱きついてきたヴィオレッタに苦笑した。

「あなたはもう、私のものだ」

蜜壺の奥を突きながら言う。

「は……い、あぁぁ」

返事をしながら悶える。自分にはファビオに従うしか道はない。屈辱的なことなのに、身体は淫らに悦んでいる。

「誰にも渡さない」

真剣な声とともに、強く突き挿れられた。

「……っ！」

快感の大波に覆われる。

強い官能と、これまでの疲れが相まって、ヴィオレッタの意識はそこで切れた。

第五章　新しい国

メルサナ王国全土に、新しい体制が告知された。各地の広場に内容が掲示され、集まった人々がそれを読んでいる。

「わしらの国は、ドラスコスの第二王子が新しい王になるのか」

「マーロウ公爵令嬢が王妃になると記されている」

「以前の王太子の婚約者だったヴィオレッタさまか?」

「そのようだ。ヴィオレッタさまならメルサナ王家の血を引いていらっしゃるから、まったく別物の王家というわけではないな」

王妃の記載を見て人々は安堵《あんど》の表情を浮かべた。

だが……。

「誰が王になろうとも、わしらの生活は苦しいだけで変わらないんじゃないか」

「まあそうだな。新たな王侯貴族さまたちに搾取されるだけだ」

「今以上の重税になるんじゃないか」

「わしらの国は支配されたのじゃから、いいことなどあるはずがない」

「前より悪くなるだけか……」

落胆の声と諦めの溜息が人々に広がっていく。

王城でも、ヴィオレッタが大きな溜息をついていた。

(ここで王妃になるなんて……)

ヴィオレッタの居室となった王妃の間を見回す。

ロドリゲスと結婚し、将来彼が即位した際に自分が入る部屋だった。婚約破棄された時点でその未来はなくなったはずなのに、こんな形で戻ったのである。

(王妃といっても、形だけだけれど……)

妃という捕虜だ。おそらくファビオにとって自分は、戦利品ぐらいの存在だろう。侵略先にいた鼻持ちならない女を征服し、都合よく利用しているだけだ。

「学院で会ったのが初めてだものね……」

自分に対して恋愛感情など持つはずがない。

それはヴィオレッタも同じだ。

(そうよ、わたしだって……)

メルサナの民を助けるために、ファビオを利用しているのである。お互い様なのだ。ファビオだけを責められない。

「ヴィオレッタさま、執務室で陛下がお呼びです」

侍女のマギーがやってきた。

「執務室?」

そんなところで自分に何の用があるのだろう。

ファビオはここに来てから、ずっと忙しそうにしている。初めの夜以来、王の間に戻らず仕事をしていて、ヴィオレッタが寝室に呼ばれることはなかった。

(もしかして、忙しいから執務室でするとか?)

想像してヴィオレッタは頬を染める。あのキスだらけの淫らな約束以来、していなかった。毎晩ファビオから求められると思っていたのに、ここ数日ヴィオレッタはひとりの夜を過ごしている。

(寝室以外の場所では嫌だけれど……)

自分には拒否する権限はない。王妃という名の性奴隷なのだ。ファビオに求められたら、どんなに嫌でも受け入れるしかない。

(まあ……そんなに、嫌っていうことも……ないけど)

これまでファビオとの交わりに、嫌悪を感じたことはなかった。むしろ、官能の極みに二人で昇る歓びに、毎回うっとりしてしまっている。今回もおそらく、ヴィオレッタは彼の腕の中で……。

（わ、わたしったら、何を……）

淫らな想像をしてしまい、熱くなった頬に手を当てた。

「ヴィオレッタさま、どうかなさいました？」

廊下を歩きながら頬に手を当てたヴィオレッタを、マギーが不思議そうな表情で見つめている。

「いえ、あの、なんでもないわ」

手を下ろして微笑む。

「こんなことになってしまいましたが……」

マギーが遠慮がちに口を開く。

「なに？」

「わたくしはロドリゲスさまよりファビオさまの方が、ヴィオレッタさまの夫として相応《ふさわ》しいのではないかと思っております」

「ロドリゲスに比べたら、誰でもマシだと思えるのでは？」

つい嫌みっぽく返してしまった。

「誰でも、というわけにはまいりません。ヴィオレッタさまは、女性の中で最高位にいるべきお方です。ですからお相手は、地位だけでなく能力や人望もある方でないとつり合わないと思います」

マギーが胸を張る。彼女にとってヴィオレッタは、幼い頃から仕えている自慢の令嬢なのだ。

「それは、以前のメルサナ王国で公爵令嬢だった時代のことだわ。今はもう……そんな身分ではないのよ。奴隷と同じだわ」

目を伏せてマギーに告げる。

「そんなことございません。今は王妃さまではないですか」

「違うわ……王妃というのは名ばかりよ」

「そのようなことは」

マギーが困った声で首を振った。

「いいえ。わかっているの。ドラスコス王国は、メルサナを争いなく支配したいのよ。新しい支配者を皆に納得させるための、わたしはお飾りの妃だわ」

「ファビオさまはヴィオレッタさまを、公私ともに王妃さまとして扱っていらっしゃいますわ」

王城に入った翌日には、国内に告知を出したことをマギーが言う。

「それもね……今だけよ。いずれわかるわ……」

マギーに告げると、ヴィオレッタは執務室への廊下を歩いて行く。

（そうよ……）

自分は名目上の王妃で、それも今だけだ。メルサナの統治が安定し、ヴィオレッタの身体にファビオが飽きたら、きっと終わる。ロドリゲスと同じように、ヴィオレッタを棄てるに違いない。ヴィオレッタがどんなにファビオを好ましく思っても、彼にそんな気はないのだ。

（なんだろう……すごく、残念だわ）

ロドリゲスに婚約を破棄されたときは、困ったことだけれどどこかほっとしたところもあった。王太子妃や王妃になる覚悟はできていたが、ロドリゲスと人生をともにすることに希望を持てなかったのだと、今になって思う。

（とはいえ……ファビオさまだって嘘つきだし……）

何事も安易に信じてはいけないのだと、ヴィオレッタは自分に言い聞かせながら、執務室の扉の前に立つ。名前を告げて扉を叩《たた》く。

重厚な執務室の扉が開かれた。中から、見知った男が顔を出す。ファビオの警護を担当しているグレイブルだ。

「陛下がお待ちしております」

これまでヴィオレッタに向けていた無礼な表情ではない。畏《かしこ》まった神妙な面持ちで、執務室のへいざなわれる。

扉の中は前室になっていて、奥にもうひとつ扉が見えた。あの向こうにファビオはいるらしい。

「ヴィオレッタさまだけお入りください」

ヴィオレッタに続いて前室に入ったマギーに、グレイブルが告げた。

「わたくしは廊下でお待ち申し上げております」

マギーが前室から出ようとする。

「そこにある使用人控え室で待てばいい。長椅子もある」

グレイブルが前室の側面にある扉を差した。

「では行ってくるわね」

ヴィオレッタは二人を残して奥の扉に向かう。

「ヴィオレッタで……」

ノックして入ろうとする前に、扉が開く。

「待っていた」

扉までファビオが出迎えてくれていた。

「雑然としていて申し訳ないが、入ってくれ」

「まあ……大変なことに……」

執務室の中を見て驚く。中は机の上も床も書類の山だ。机の前に椅子が置かれていて、そこに座るようにファビオから指示された。

「政務も財務もめちゃくちゃなんだ。いったいこの国はどうなっているんだ? 国王も重臣もまったく働いていなかったのか？」

机を挟んで向かい合わせに座ったファビオが、首を振りながらヴィオレッタに問いかける。

「処理されていないのですか」

「ひどいものだ。徴税しても国庫に入れっぱなしで集計すらしていない。無計画に支払いが行われ、支出の管理もされていない。しかも、王軍に払うべきものすら処理されず、軍は無駄だと解散されていた」

「国王に任命された重臣たちが、政務を代行していたはずだけど……」

貴族の学院でもそう習っている。

「まったくしていない。書類を見ると、二年前に宰相が監査のサインを入れたきりだ」

「二年前に亡くなったテオ宰相の？」

テオは有能な宰相だと、亡くなった王妃からも高く評価されていた。

「唯一政務をしていた者が亡くなったのか」

納得の表情をファビオが浮かべた。

「王妃さまが亡くなられたのと同時期に、同じ流行病で亡くなられて、ロドリゲスが後任になったはずだけれど……」

ヴィオレッタは記憶を掘り起こす。

「学院にいる王太子が宰相になったのか？」

怪訝な目を向けられる。

「テオ宰相は口うるさい方だったので、次の宰相にも偉そうにされたくないから自分がやると言っていました。でも、できるはずないですよね」

「誰も異を唱えなかったのか？」

「一応わたしは意見しましたが、聞き入れるような人ではありません。重臣たちがなんとかしてくれると考えておりました。でも……何もしていなかったのですね」

国王のご機嫌だけ取っていればいいと、毎晩宴に興じるだけだったのだ。

「事情はわかった。これからのことを決めるにあたって、あなたの意見も聞きたい」

「わたしで参考になるかしら」

「あなたなら上級貴族の事情に明るいだろう。なにより、率直な意見を述べてくれるから助かるよ」

「わたしの毒舌が参考になると？」

「毒舌などではないよ。素直で貴重な愛すべき意見だ」

ヴィオレッタを見下ろし、整った顔に綺麗な笑顔を浮かべてファビオがうなずいた。

（愛す……）

ファビオの言葉に胸がドキッとする。

愛の告白でもなんでもないが、自分のことを毒舌だ生意気だと言わず、逆に愛すべきと言ってくれた。

（この感じ……前にも……）

初めて貴族学院の中庭で出会った時も、同じ気持ちになったことを思い出す。ファビオはいつもヴィオレッタのことを評価してくれていた。

あの時も今も、ファビオの言葉がヴィオレッタの胸をきゅんっとさせている。

「あれ？　顔が赤い？　部屋が暗いからかな」

部屋の中央で顔を赤らめているヴィオレッタに、ファビオが首をかしげた。

「あ、いえ、ここまで急いで来たから、息が上がっているの」

慌てて取り繕う。

ファビオの言葉にときめいてしまっているなんて、言えるわけがない。彼にとってヴィオレッタは、利用しているだけの敵国の女でしかないのだ。今だって、都合良く意見を聞きたいだけである。

（そうよ……しっかりしなくちゃ……）

きゅっと唇を引き結び、広げられている書類に目を落とす。

「あ、新たな宰相から決めるのでしょうか」

「その予定だ。適任だと思う者は？」

これまで王城にいた重臣の名簿を渡された。

「ここには……いません」

「いない?」

えっ? という表情で見つめられる。

「メルサナの重臣は世襲制で、能力は度外視されています。そしてほとんどの重臣が、前の国王と遊びに興じているだけだったのです。上級貴族の名簿を使って、新たな重臣を選び出した方がいいのではないでしょうか」

きちんと仕事をしていたテオ宰相は亡き王妃が指名していて、唯一能力を評価されて採用されたのだった。

やはりここは能力を重視するべきだと訴える。

「なるほど」

ヴィオレッタの意見にうなずいて、ファビオは上級貴族の名簿を開いた。

「ではこれを」

ヴィオレッタの方に差し出す。

「誰が適任だと思う?」

意見を求められた。

「そうですね……」

上級貴族の名を上から見ていく。

「お会いしたことのある方の中だと……バーゼン侯爵が宰相には適任かと」

「なぜ?」

「バーゼン侯爵には人望があります。人をまとめる能力に長けていて、誰からも信頼されています。貴族の学院でバーゼン侯爵令嬢と一緒でしたが、彼女も似た資質を持っていて、育ちの良さだけでなく人柄に好感が持てました」

ヴィオレッタは理由を答えた。

「能力より人望?」

ファビオから片眉を上げて見られる。そんなしぐさも、ドキッとするほど魅力的だ。

「の、能力は、各省庁を任す重臣が持っていればいいものです。宰相に必要なのは、まとめる力ではないでしょうか。以前の宰相は自分で抱え込みすぎて、周りがやる気をなくしてしまったのも良くなかった気がします」

「思った通り、あなたは聡明《そうめい》だ。では重臣たちの選出に移ろう」

ファビオが満足げにバーゼン侯爵の名の横に宰相と記している。

それから昼食を挟んで、二人は執務室で新体制についての話し合いを続けた。ファビオは処理しなくてはならない書類を整理しながら、ヴィオレッタの意見を取り入れつつ、てきぱきと新体制を整えていく。

(すごいわ……)

ファビオの処理能力、判断力、行動力は、近くで見ていると鳥肌が立つほど素晴らしかった。これからメルサナは良い国になっていくと、思わせられるほどである。

「これで明日には新たな宰相と重臣を任命し、放置されて滞っている案件の処理に入れるな」

ほっとした表情をファビオが浮かべた。

「よかったですね」

「あなたのおかげだよ。ありがとう。もう戻っていいよ」

お礼を告げられる。

「ファビオさまは……戻られないの?」

ずっと王の間の寝室で寝ていない。

王妃の間の寝室と王の間の寝室は隣り合わせで、扉で繋がっている。だから彼がそこで寝ていないことは、ヴィオレッタにもわかっていた。

「しばらくは、そこにある長椅子で仮眠を取るだけだな」

食事もここに運ばせているという。

「そう……」

ヴィオレッタは睫毛《まつげ》を伏せてうつむいた。

「どうかしたのか?」

「わたし……あなたを誤解していたわ……。あ、謝らなくてはいけないわね」

しゅんとして答える。

「どんな誤解を？」

「それは……ちょっと言えないけど」

うつむいたまま告げた。

「聞かせてもらいたいな」

顔を覗き込まれる。綺麗な緑色の瞳で見つめられ、どぎまぎした。

「こ、ここに呼ばれたのは……欲求不満を解消させられるのかと……思っていたの」

誤魔化せなくて、正直に答える。

「は？」

眉間に皺を寄せて聞き返された。

「わ、わたしはそういう扱いをされる立場だから……まさか、真面目に国のことを相談されるなんて、思ってもみなくて……」

「私をそういう男だと思っていったわけだ」

低い声で言いながら、ファビオが立ち上がった。

「あ……」

（怒っている？）

むっとした表情で机を回り込み、ヴィオレッタに向かってくる。

「ご、ごめんなさい。侮辱する気は……なかったの」

「あなたは相変わらず正直だね」

目の前まで来ると、ファビオが苦笑しながら屈《かが》んできた。

ヴィオレッタの耳元へ唇を寄せると……。

「そうだよ」

掠《かす》れた低い声で言った。

「えっ……」

驚きと、耳にかかった彼の息にびくっとする。

「めちゃくちゃ忙しくて、めちゃくちゃあなたを抱きたかった。ここで一緒に仕事をしていても、ずっとこのドレスの中が気になっていた」

「あ、あ、あの……」

戸惑いながらファビオを見ると、獲物を狙う獣のような目で見つめられる。

「今すぐにでもここであなたを抱きたい。でも……それは紳士のやることではない。だから、必死に我慢しているんだ」

「が、我慢なんて……しなくていいのに……」

「えっ?」

(えっ?)

ファビオと同時にヴィオレッタも心の中で驚きの声を上げる。まるでここでしていいというような言葉だ。

(だ、だって……)

そのつもりで来ていたし、心身ともにヴィオレッタはファビオを欲していた。

「そんなことを言うと、本当にここでしてしまうよ？」

いいのか？　と問いかけられる。

「……」

ぎこちなくうなずく。

「あとでグレイブルのようなケダモノだと言いふらしたりしない？」

「しない……んっ！」

答えた瞬間、ヴィオレッタはファビオから唇を奪われた。

「んぅ……」

ヴィオレッタの心拍数が上がる。

けれど……。

「っと……済まない。ここまでにしよう」

唇を離すと、ファビオはヴィオレッタに謝罪した。

「あ……の……」

戸惑いながら立ち上がる。

「まだ褒美をもらえるほど仕事は終わっていないんだ。今夜中に片付けなくてはならないことも多々ある。だから、あなたはもう戻っていいよ」

「ファビオさまはまだここでお仕事をされるの?」

「しばらくそうなる。目覚ましに顔を洗ってくるよ」

ヴィオレッタを残し、ファビオは執務室の浴室がある扉へ行ってしまった。

「……どういうこと?」

これまでは強引にしてきたくせに、今日はやけに儀式や作法に拘《こだわ》っている。不思議に思いながら、ファビオが消えた浴室の扉を見つめた。

第六章　疑惑

新しい宰相と重臣が決まり、ファビオはメルサナ王国の立て直しを始動した。

「まずは災害地の復興を急ごう。これまでは応急処置的なことしかできなかったが、担当部署を創設して人材を集めたので、思い切りできる」

各地の被害状況をまとめた書類に、今後の施策が書き込まれていた。

「ありがとうございます。これで民も助かります」

ヴィオレッタは執務室で礼を告げる。

「お礼を言うことではないよ。私がこの国を統治しやすくするためなのだかね」

「でも、メルサナの民を救済してもらうことが、わたしとの約束でしたもの」

当初、それがファビオのものになるための条件だった。

「約束を遂行するのはこれからだ。メルサナの民を保護し、まともに生活ができるようにしなくてはならない」

これからも大変なのだと言われる。

「それは、そうですね」

単純に喜んではいられないのだ。

「もちろん、あなたにも働いてもらうよ?」

「わたしが?」

ファビオに見つめられてドキッとする。

(働くというのはファビオさまと……ここで?)

それとも寝室でだろうかと、頬を赤らめた。

「まず、午後に開かれる重臣会議に出席してくれ」

「え……? わたしが会議に?」

予想外の言葉に驚く。

(挨拶をするのかしら)

一応国王の妃なのだから顔合わせくらいは必要なのだろう、と考えた。

しかしそうではなく……。

「政務の手伝いが必要だ。簡単な事案の承認は、あなたと宰相に任せることにした。それに、あなたからも意見をもらいたい」

と、ファビオに言われてしまう。

「……わたしが政務に携《たずさ》わるのですか?」

驚いて聞き返す。

亡くなったメルサナの前王妃は宰相と政務をしていたそうだが、重臣たちと会議に出るような表立った行動はしていなかった。あくまでも妃は国王の添え物、という立場だったのである。

「わたしで役に立つかしら……」

政治に関しては素人だ。

「もちろんだ。あなたは女性にしておくにはもったいないほど、聡明で政務に向いている。とはいえ、女性でなくては私が困るけどね」

ファビオの手が伸びてきて、ヴィオレッタの手首を掴んだ。

「あ……」

彼の方に引き寄せられる。

「あの……」

近づいてくるファビオの顔に、ヴィオレッタは書類を持ったまま戸惑う。

(やっぱり……するの？)

ヴィオレッタの中に期待のようなものが湧き起こる。

「ん、ん……ぅ」

彼の唇がヴィオレッタの唇を塞いだ。舌で唇を割られ、淫らな口づけを施される。

唇で触れ合っているだけなのに、胸の鼓動が速まり、淫猥な気分が高まってきた。

けれど……。

高まりはそこで止められた。

ファビオの唇が離れていく。

「ああだめだ。あなたといると、つい手が出てしまう。執務室でするようなことではないのに」

済まないというふうに頭を下げている。

「え……ええ」

(別にここでしてもいいのに……やだ、わたしったら)

心の中で、またしてもはしたないつぶやきをしてしまった。

「それに、そんなことをしていたら午後の会議に遅れてしまう」

ファビオは苦笑しながらヴィオレッタから離れる。

「そ、そうですわ。し、失礼いたします。またあとで」

恥じらいながらヴィオレッタは執務室から出ていく。こんなところで淫らに遊んでいる余裕はないのだ。

(わたしも、頑張らなくては……)

学院ではずっと、毒舌だの口うるさい女だと揶揄《やゆ》されるばかりだった。けれど、ファビオは真摯にヴィオレッタの意見に耳を傾け、高い評価を示してくれている。

ヴィオレッタは自分の中にやる気と自信が芽生えているのを感じた。

(期待に応えたいわ)

一時的な王妃であっても、王と民のために働けることは嬉しい。ファビオに抱かれることも、屈辱だと感じなくなっていた。反対に、抱き締められて官能の頂点に達する時のことを思い出すと、恥らいとともにうっとりするような高揚感を覚える。

先ほどの口づけやファビオからの熱い視線にも、ときめきを感じた。

(きっと、今夜はお部屋に戻っていらっしゃるわね)

期待を胸に、ヴィオレッタは自室に戻る廊下を歩く。

「あら?」

目の端に、ヒラヒラしたものがチラリと映り込んだ。その方向に顔を向けた時には、角の向こうに消えている。

(あれは……上等なシフォンのリボンだったわよね?)

上級貴族の令嬢が髪やドレスを飾るもので、メイド服の侍女たちが身に着けるものではない。以前いた重臣の令夫人や令嬢たちは領地に帰されていて、現在この王城にいる王侯貴族の女性はヴィオレッタだけである。宰相や重臣たちはまだ任命されたばかりで、与えられた城内の部屋に家族を呼び寄せるのは任命式を終えてからだ。

だから貴族と思われる格好をした女性が他にいるはずがない。

(見間違いかしら)

首をかしげた時……。

「ヴィオレッタさま」

背後から声をかけられる。

「え?　あ、はい」

驚いて振り向くと、若い侍女が立っていた。白い木綿のレースで縁取られたブラウスとエプロンドレスを身に纏っている。頭に巻いているのも木綿のリボンだ。

先ほど目に入ったようなひらひらなものではない。

「お昼のご用意ができております。食堂にいらっしゃるかお部屋にお持ちするか、どちらになさるのかうかがってくるように、マギーさんから言付かっております」

「そう……それなら食堂に行くわ」

その方が早いと、ヴィオレッタは踵《きびす》を返す。食堂は執務室の向こう側にある。午後からの会議に出るのなら、すぐに昼食にした方がいい。

廊下の角を曲がってふたたび執務室の前まで来るが、先ほど目に入ったリボンの女性はいなかった。

(見間違い?　それとも幽霊?　まさかね……)

この城内で幽霊が出るという噂は聞いたことがない。今回のドラスコスの侵攻でも、ほとんど死者は出ていない。ドラスコスに連行された王族の処刑もまだまだ先だろう。

「ファビオさまは今日も執務室で摂《と》られるのでしょうね」

食堂に行く時間も惜しんで政務に取り組んでいて、ヴィオレッタと一緒に食事をすることはなかった。

「そ、そのようです……」

ヴィオレッタの問いに侍女がぎこちなくうなずいた。この侍女はもともと王城で働いているメルサナの人間なので、侵攻してきた国の王子であるファビオが恐ろしいのかもしれない。城内の衛兵たちもドラスコスの者たちで占められており、荒くれ者も多いようだ。

「何か困ったことはある？」

ヴィオレッタは歩きながら侍女に声をかけた。

「あ、いえ、大丈夫です」

執務室の前を通り過ぎながら答える。

ファビオがいる部屋の前には、屈強な衛兵が複数立っていた。ヴィオレッタはグレイブルで慣れているが、普段ここを通らない侍女は緊張するのだろう。ビクビクしながら歩いている。

「嫌なことがあったら、わたしに言ってちょうだい」

「ありがとうございます」

かしこまって頭を下げている。

（城内の重い雰囲気を軽減できないかしら）

午後の会議で提案してみようかと、ヴィオレッタは昼食を摂りながら考える。


会議は、新しい宰相であるバーゼン侯爵が司会を任された。様々な議題が取り上げられたのだが、どれも提案から決定まで滞ることなく進んでく。ファビオが下準備をしっかりしているのと、有能な司会のおかげだ。

ヴィオレッタの意見もいくつか採用される。

「王妃さまは政務に通じておられる」

「すばらしい意見じゃのう」

新しい重臣たちからも一目置かれた。

「聡明な王妃で頼りになる」

ファビオから向けられた顔には、満足そうな表情が浮かんでいる。

「お褒めいただき、光栄です」

自分でも最高に近い笑みを浮かべて返した。

（え……？）

だが、ファビオに笑顔を向けた途端、彼はふっと横を向いてしまう。

「つ、次の議題だが……」

彼は硬い表情で書類をめくった。

ファビオの頬が少し赤らんでいる。こんなところで王と王妃がいちゃいちゃしてはいけないと思ったのかもしれない。

(……今夜はやっぱりお部屋に戻って来られるかも)

午前中の執務室でも、そんな雰囲気が感じられた。ひさしぶりに二人で夜を過ごせることに、ヴィオレッタの胸がときめく。

けれど……。

その日の夜も、ファビオは執務室から王の間に戻って来なかった。

グレイブルがやってきて、侍女たちにファビオの着替えなどを持ってくるように命じている。

(やっぱり……忙しいのね)

一朝一夕で処理できるものではないのだ。それはヴィオレッタにもわかっている。

(でも……)

ひと晩くらい戻ってきてもいいのではないかと、悲しい気持ちで夜を過ごしたのだった。

翌日も午後は会議だ。

ヴィオレッタは早めの昼食を摂ろうと、食堂に向かう。

「……ん?」

執務室の近くでふわっと何かが香った。

「どうかいたしましたか?」

付き添っていたマギーに問いかけられる。

「いま、香水の匂いがしなかった?」

「香水ですか?」

くんくんと嗅ぐようなしぐさでマギーが顔を動かす。

「そうですね。微《かす》かに花の香りのようなものが……おそらく、食堂に飾るための花を運んでいたのでしょう」

食堂にはテーブルの上と壁際に、生花が飾られていた。王城の中庭に咲いている花が使用されている。

「きっとそうね……」

一応うなずいたけれど……。

(あれは香水の匂いだわ……)

以前伯爵令嬢のマーラが、誕生日に贈られたと喜んでいた香水の匂いに似ていた。百合《ゆり》に似た上品な香りだったのを覚えている。

今は百合が咲く季節ではない。食堂に入っても、百合の花は飾られていなかった。

やはりあれは香水だと思われる。

（香水をつけた者があのあたりにいたの？）

昨日見たシフォンのリボンが頭をよぎった。この王城に、侍女ではない女性がいる。しかも上等なリボンと香水をまとった若い女性だ。

先日はそれを幽霊かもと思ったが、香水をつけた幽霊などいない。

（誰かが城内に女性を引き入れた？　……まさか、それはないわよね）

昼食後に開かれた重臣会議にヴィオレッタは出席する。中高年の男性で構成されている重臣たちは、真剣に話し合いをしていた。昨日ファビオから出された議題を持ち帰り、今日はその解決策を発表している。若い女性を呼び寄せて、享楽的な遊びをしている余裕などないはずだ。

（わたしもしっかりしよう）

今日の議題は財務に関することである。

「徴税に関しては、財務担当大臣が作成した新しい基準を適用する」

ファビオが決定し、皆がうなずいた。

「これまでよりずっと税が減りますな」

「無駄を省くとここまで軽減できるわけだ」

「以前が重税だったからなあ。しかも、払っても公共施設は放置されて荒れるばかりじゃった」

口々に新税制について賞賛し、以前のことに不満を漏らしている。

(難民を助けることすらできなかったものね)

ヴィオレッタも心の中で皆の意見に同意した。

するとファビオが……。

「あなたの意見も聞きたいな、ヴィオレッタ」

突然こちらに振ってきた。

「え……と、いいと思います」

納得しているとうなずく。

「それだけ?」

横目で見られた。

新しい基準について何か意見を言ってもらいたいようだ。

(そうねえ……)

「この減税は……新国王の即位記念ということにしたらどうでしょう。何の理由もなく税が減るよりも民は納得し、とても喜ぶと思います。それに、新国王陛下への好感度が上がるのではないでしょうか」

思ったことを述べる。

「なるほど」

ファビオが腕を組んでうなずいた。

「そうですな。それなら減税と陛下のご即位が強く印象に残る」

「王妃さまは着眼点がすばらしい」

「我が娘が、学院でのマーロウ公爵令嬢をいつも褒めていただけある」

宰相のバーゼン侯爵も嬉しそうにうなずいた。

「今後はあなたのような女性に、積極的に政治に参加してもらいたい」

ファビオに言われる。

「そう言っていただけると嬉しいです」

ヴィオレッタは笑みを返した。

ファビオに認められるのは嬉しい。重臣たちからも、ヴィオレッタの評価は日々上がっていった。

目を見張るほど、メルサナ王国が立ち直っていく。

あのままロドリゲスが即位していたら、とんでもないことになっていただろう。もしかしたらロドリゲスが即位する前に、クーデターが起こるか内乱が勃発したかもしれない。そんなことになったら国はボロボロになり、消えてなくなっただろう。

(すべてファビオさまのおかげだわ)

メルサナ王国を支配したいからだとわかっているが、彼は寝食を惜しんで政務をしてくれている。そんなファビオに、できるだけの助力をしたいとヴィオレッタは思う。

(今日で九日目だわ……)

ファビオは執務室での寝泊まりを続けていた。いくら寝心地のいい長椅子があるといっても、あそこでは気が休まらないだろう。

食事も、届けられたものを机上で摂っている。冷え切ったものを食べているに違いない。

「それって……良くないことよね……」

せめて食事か睡眠のどちらかでも、ゆっくりしたほうがいい。そう思い至ったヴィオレッタは、資料を読む手を止めて立ち上がる。

「どちらへ?」

王妃の間の机から離れて出入口に向かうヴィオレッタに、侍女が声をかけた。

「執務室へ行くわ。ファビオさまにお話があるの」

言った途端、侍女の顔色がさっと変わる。

「あ、あの、今は、執務室へはいかれない方がよろしいかと」

「なぜ? 午後の会議が終わって執務室にいらっしゃるはずよね?」

足を止めて侍女に問いかけた。

「そうですが……」

侍女が口ごもる。

「なにかあるの？」

ヴィオレッタは侍女に詰め寄る。

「その……い、以前、マギーさんにはお知らせしたのですけど……」

「マギーに何を？」

いったい何のことだろうと、怪訝な目を向けた。

「あの、でも、マギーさんは気にすることはないと……あまり言いふらさないようにと……」

「だから、何をなの？　はっきり言ってちょうだい」

険しい口調で命じてしまう。

「お、女の方が……」

「えっ？」

「貴族のご令嬢が、執務室にいらしていて……」

そこまで聞いて、ヴィオレッタはふたたび歩き出した。

「あ、ヴィオレッタさま！　お待ちに！」

侍女が呼び止めるのも聞かず、部屋から走り出る。

（貴族の令嬢って、なに？　どういうこと？）

脳裏にシフォンのリボンと香水の匂いが蘇《よみがえ》った。あれはどちらも気のせいではなく、やはり貴族の女性のものだったのである。

しかも若い令嬢なのだ。

(その方とファビオさまが？ それで執務室にずっといるの？)

ありえないとは言えない。なにしろ、出会って間もなくファビオはヴィオレッタを抱いたのだ。新たに若い女性を呼び寄せて、執務室で過ごしている可能性は大いにある。

(新たな女性……)

ロドリゲスとシェリーの姿が思い出された。あんなふうにファビオも盗《と》られてしまうかもしれない。

想像した瞬間、ヴィオレッタの中に強い憤《いきどお》りの感情が湧き起った。

(嫌よ！ そんなの嫌！)

自分は王妃なのだ。ファビオの妻なのだ。いくら政略のためとはいえ、重臣たちや民も認めてくれた妃である。

そこまで考えて、ヴィオレッタは歩く速度を緩めた。

「そうだわ……政略なのだわ……」

ファビオにとってヴィオレッタは、メルサナを支配するための妃なのである。利用しているだけの存在に過ぎない。

好きだとか恋愛感情で結ばれた関係ではないのだ。

（……わたしだけが……ファビオさまを好きなのだわ……）

初めて会った時から、ファビオは自分を誰よりも理解してくれていた。先ほども、重臣たちとの会議に参加しているヴィオレッタを高く評価して、国のために尽くせるようにしてくれている。

ヴィオレッタにとってファビオは初めての男性で、半ば強引に純潔を奪われた。けれど、彼だけが愉《たの》しむようなことはなく、ヴィオレッタを大事に抱いてくれた。彼の逞《たくま》しくて優しい腕に抱かれ、一緒に快楽を極めるたびに幸福を感じていたのである。

心も身体も、ヴィオレッタはファビオを恋しく感じていた。でもそれは一方的な想《おも》いで、ファビオはそうではない。

（ここで、あの方が誰と何をしようとも、わたしにはどうにもできないのだわ……）

執務室の前でヴィオレッタは立ち止まる。思わずここまで来てしまったが、自分にファビオを窘める権利はない。

改めて自分の立場を思い出し、執務室の扉に背を向けた。

（戻ろう……）

今ここで事を荒立てても、いい結果にならないことは明白だ。

知らなかったこと、聞かなかったことにするしかない。マギーが侍女に言っていた通りにするのが、賢い選択なのだろう。

(そうよ、ロドリゲスの時だって、知っていて容認していたじゃない)

貴族の世界で男性が愛人を持つのは普通であり、妻や婚約者は寛大に受け入れるものなのだ。

ヴィオレッタは王妃の間に戻ろうとしたが……。

「あぁ～ん、……さまぁ～」

猫が鳴くような甘ったるい声が執務室の中から聞こえてきた。その声には聞き覚えがある。

(あれは!)

絶対にシェリーだ。

気づいた瞬間、ヴィオレッタは振り向いて執務室の扉を開けてしまう。扉の向こうは前室で、執務室の扉は開いていた。そしてそこに人影はない。

「あん～。いやぁんっ」

はしたない声が聞こえてくるのは、控えの間に続く扉からだ。そこの扉も少し開いている。

(こんなところで!)

執務室で淫らなことをするのは憚られて、ここを選んだのだろうか。

ヴィオレッタは躊躇《ちゅうちょ》なく扉を大きく開いた。

侍女や側近たちが仮眠する長椅子の上にシェリーがいる。仰向けに寝ている男性に跨《また》がっていて、ドレスの上半身ははだけていた。彼女の丸い乳房を、男性の大きな手が下から掴んでいる。

シェリーは背中をのけぞらせながら身体を揺らしていた。

ヴィオレッタの胸に痛みが走り、頭の中にかあっと怒りが燃え上がる。二人のいる方へつかつかと歩いていった。

「な……っ！」

気配を感じたのか、シェリーが振り向いた。ヴィオレッタを見て目を見開く。

ヴィオレッタは右腕を高く上げ、思い切りシェリーの横面を叩いた。

パシーンッという音が響き渡る。

「きゃあっ！」

シェリーが男の上に倒れ込んだ。

「この泥棒猫！　前は見逃したけど、今回は許さないわ。離れなさいよ！　ファビオさまはわたしの夫な……」

そこまで言って、今度はヴィオレッタが目を見開いた。

シェリーの下にいた男性はファビオではない。倒れ込んだシェリーの頭を抱えたまま顔を上げたのは、側近兼将軍のグレイブルだった。

「すごい騒ぎだな」

ヴィオレッタの背後から、ファビオの声がする。

「へ、陛下、もう入浴を終えられたのですか。いつもは長時間入られるのに……」

グレイブルが慌てて起き上がった。

振り向いたヴィオレッタの目に、ガウン姿で執務室の入口に立つファビオの姿が映る。

「処理しなければならない書類があったから早めに出たんだが……おまえそんなところで何てことをしているんだ。それに、なぜヴィオレッタがいるのかな?」

怪訝な表情で腕を組み、首をかしげた。

「わ、わたしは……し、失礼します!」

真っ赤になってヴィオレッタは執務室を飛び出る。

(……シェリーの相手がファビオさまではなかったなんて……)

思い違いで逆上してしまった自分が恥ずかしい。

「ヴィオレッタ!」

ファビオが追いかけてきた。

「な、なんでもないの。ごめんなさい」

顔を背けながら謝罪する。恥ずかしくてファビオの顔が見られなかった。

「なぜあそこにいたのかな?」

ヴィオレッタの横を歩きながら問いかけてくる。

「……それはあの、こ、声がしたから」

「声がしたから入って、シェリーを叩いたのか?」

「シェリーがいるのを、ファビオさまは前から知っていたの?」

ファビオの問いかけにヴィオレッタははっとした。

「グレイブルが連れてきたからね。学院を出発する際に連れて行ってくれと懇願されたようだ」

「そうだったのね……」

まったく知らなかった。でもシェリーならありえる話である。

「で、なぜシェリーを叩いて、私はあなたの夫だと叫んだんだ?」

(そこまで聞かれていたのね)

みっともない場面を見られていた。

「それは……シェリーの相手が、ファビオさまだと誤解していて……」

「私の?　私がシェリーと浮気をしていると?」

「だから、ごめんなさいって、謝っているのよ」

ヴィオレッタは彼に顔を向けて告げた。

「なるほどね」

ファビオは笑みを浮かべてうなずいている。

「あの、どこまでいらっしゃるの?」

ガウン姿のまま、ヴィオレッタと一緒に廊下を歩くファビオに質問した。

「あなたと少し話がしたい」

真面目な表情で見下ろされる。

「……わたしが誤解してシェリーを叩いたことを、怒っているの？」

逆上して見苦しい姿を見せてしまっている。

「怒ってはいない。ただ、彼女を叩くほど怒ったことが不思議なんだ。前はそこまで怒らなかったよね？」

「前って……ロドリゲスの時のこと？」

ヴィオレッタの質問にファビオがうなずく。

「それは……」

ロドリゲスよりもずっと、ファビオのことが好きだからだ。でも、そんなことを言われてもファビオは迷惑だろう。

「言うようなことではないわ」

首を振って拒否した。

「それでも聞きたい」

ファビオが食い下がってくる。

「い、言えないもの」

ヴィオレッタは拒否した。

「なぜ？　……もしかして……」

ファビオの訝《いぶか》しむ声にヴィオレッタはドキッとする。自分の気持ちがわかってしまっているのかもしれない。

支配した国の奴隷的な女から恋愛感情を持たれているなんて、迷惑がられるだけでなく、嘲笑されても不思議はないのだ。

けれど……。

「あの時からシェリーを叩きたかったからかな」

不思議な言葉が返ってきた。

「あの時？」

ファビオを見て問い返す。

「ロドリゲスから婚約破棄をされた時だよ。本当は、あの時彼女を叩きたかったが、皆の前だから堪えていたのだろう？」

ファビオの言葉に、『あの時』がいつのことなのかがわかる。

「いいえ、違うわ」

即座に否定した。

「そうかな？　ロドリゲスを奪われて悔しかったのだろう？　あの時からシェリーを叩きたか

ったのなら、先ほどの行動も理解できるよ」

正直に答えていいんだよという表情を向けられる。

「そんなことないわ。それは絶対に違う！　ロドリゲスなんてどうでもよかったし、シェリーに対しても、あの時は呆れているだけだったわ。でも、さっきは彼女があなたを奪おうとしていると思い込んで……」

ここまで答えてヴィオレッタは慌てて口を塞いだ。

「わたしだから……シェリーを叩いたのか」

まさかという表情で質問される。

「……」

観念してヴィオレッタは口を塞いだままうなずく。

「ちゃんと、言葉にして説明してくれないかな」

「こんなところでは……」

言えないと首を振った。

「では中でゆっくり聞こう」

いつの間にか王の間の前まで来ていた。王妃の間はその奥になるが、ファビオから王の間に入るよう促される。

王の間の大扉が衛兵によって開かれた。

ファビオに手を引かれながら、ヴィオレッタは王の間に足を踏み入れる。

控えの間や前室を通り過ぎ、居間に入ってもファビオは足を止めない。その先にある寝室に向かっていた。

控えの間や前室には侍女や使用人が控えている。王の寝室の向こうは王妃の寝室と繋がっているので、二人だけで話をするとなったら寝室が適しているのだろう。

「わたしにも……わからないの」

寝室の奥にある天蓋に覆われたベッドの前で、ヴィオレッタはファビオに告げる。

「わからないとは?」

「あなたとシェリーがって思っただけで、手が勝手に動いてしまったのよ」

「ロドリゲスの時には動かなかったのに?」

「それは、彼の事なんて好きじゃなかったから」

シェリーと勝手にやってくれと思っていたのである。

「今回は私だと思い込んだから、叩いてしまったのだよね」

再度確認するように問われた。

「ええ……」

「私はあなたの夫だからと聞こえたが、婚約者と夫では違うのかな?」

ファビオからどんどん追い詰められていく。

「だから……」

ヴィオレッタはきゅっと手を握り締める。

「言いたくなかったけれど、わ、わたしはファビオさまが好きだから……シェリーに、盗られたくなかったの」

ついに理由を口にしてしまう。ヴィオレッタの答えを聞いて、ファビオは一瞬驚いたように目を見開いた。

「……なぜ、それを言いたくなかったんだ？」

驚いた表情のまま首をかしげている。

「……ファビオさまの迷惑になるかと」

「迷惑？　好きだといわれるのが迷惑だとは思わないが？」

「だって、忙しいのでしょう？」

「確かに忙しいが、そういう話なら歓迎するよ？」

「だけど今は、政務が大切な時だわ。こ、こちらにも戻ってこられないくらい忙しいのでしょう？」

「忙しいけれど、ここに戻らないのは他にも理由がある」

「ど、どういう？」

もしかしてヴィオレッタと過ごしたくないからなのだろうかと、ドキッとした。

「ここであなたを強引に抱きたくなかった」

「えっ？　……な、なぜ？」

学院からここまで、好きにしていたのにと不思議に思う。

「最後にあなたに触れたのは、執務室だったのを覚えている？」

「ええ……もちろん……」

キスをしてすぐに離れた。あのあと夜にファビオから寝室に召されると思っていたのに、彼は執務室から戻らなかったのである。

「私はあなたと二人きりでいると、見境なく抱きたくなる」

困ったような表情で告げられた。

「あ……ええ……」

執務室でもそのようなことを聞いている。

「だけどあなたは、メルサナのために仕方なく私の妃になったのだ。嫌がるあなたを強引に抱くべきではないと、思い至った」

「わたしの……ため？」

「そうだよ。だけど嫌がられても抱きたいから、せめて十日くらい開けようと思った。だがこの寝室にいたら、こらえられずにきっと毎日あなたを抱いてしまう……」

「それで執務室で寝泊まりしていたの？」

「うん」

ちょっとばつが悪そうに肯定した
「わたしは……嫌がってなどいないわ。……あなたのことが、好きだもの」

「そういう言葉を口にすると、ここですぐに実行してしまうが？」

上目遣いで睨まれる。

「い、いいわよ」

ドキドキしながら返した。

「ふう……あと一日我慢しなくてはと、水浴で身体を冷やしたばかりだったのに……」

苦笑しながらヴィオレッタを引き寄せる。

「水浴なさったの？」

まだ肌寒い季節だ。

「会議に出ているあなたを見ているだけで、堪《たま》らなくなるからね。特に今日は、魅力的な笑顔を何度も向けられて、本当に困ったよ」

「もしかして、目が合うと顔を背けていたのは……そのせいなの？」

「あなたの笑顔は私にとって凶器と同じだよ。しかも今日は、控えの間からグレイブルとシェリーの声が聞こえてくるし……」

あれには参っていると首を振っている。

「そこまでわたしのために我慢してくださっていたなんて……」

「うん。でも、あなたは私を夫と認めてくれているんだよね?」

身体を離して顔を見つめられる。

「ええ」

はっきり返事をした。

「もう我慢しなくていい?」

「は……い」

頬を染めて見つめる。

「今すぐでも?」

「……」

無言でうなずいた。

(こんな明るいうちからは恥ずかしいけれど……)

ヴィオレッタの身体も熱くなり始めている。

「あ……」

ファビオから抱き締められた。

彼の腕や胸が、水浴でかなり冷えていた。

ドレスと下着を脱いだヴィオレッタの身体が仰向けに横たえられ、ガウンの前をはだけたファビオが覆い被さってくる。

「ん……」

口づけをしながら身体が重ねられた。

(すごく冷たい……)

不思議とそれが、淫らな興奮を誘う。

揉まれる乳房も、擦られる乳首も、冷たさでいつも以上に感じた。

「は、あ、ああんっ」

九日ぶりということもあるのだろうか。ヴィオレッタの身体は刺激に反応し、はしたなく悶えてしまう。

「もう、ヌルヌルだね」

ファビオの指がヴィオレッタの秘部をなぞった。

「あ……やっ、冷たっ、あぁっ」

冷えた指が淫唇に触れていて、さらに感じてしまう。

「もしかして、冷たくて気持ちいい?」

いやらしい質問が耳に届く。

「ん……あ、あんっ」

喘ぎながらも、ヴィオレッタはうなずいた。

「そうか。じゃあ、これもいいかな?」

小水口の包皮が開かれ、敏感な秘芯が摘ままれる。

「あああっ」

冷たい指で強い刺激を与えられ、ヴィオレッタはあられもない声を上げた。

「こんなに喜んでもらえるなら、毎回水浴をしようかな」

苦笑しながら、ヴィオレッタの淫唇に指を忍ばせる。

「や、意地、悪……あ、中に……挿入《はい》って……」

冷たい指にビクビクと腰を揺らしてしまう。

「ふふ、ヌルヌルだ」

楽しそうに出し入れを始めた。

「あん、っなか、冷た……ああ、いやぁ」

冷えている指が蜜壺の中で存在感を増している。彼の指が抽送で出る際に、蜜も一緒に出てきた。

「こんなに中を濡らすほど感じているとは……もう我慢も限界だな」

もうしばらく指で愉しみたかったがと、言いながら抜いている。

「ひ……っ」

ファビオの竿先が淫唇に当てられた。冷たさにヴィオレッタはびくっとする。

「挿れるよ」

淫唇が開かれた。

「は……あ……冷た……い、あぁぁ」

冷えた硬い肉棒が、ヴィオレッタの身体に入ってくる
「ああ、なんという温かさだ……」

ファビオが感嘆の声を発した。

ヴィオレッタの熱で、彼の肉棒が次第に温まっていく。温まるにつれて、蜜壺の中でそれが膨張してきた。

「ファビオさま……いい」

感じる場所へぴっちり竿が収まり、うっとりするような快感が伝わってくる。

「うん。私も善すぎて困っている。すぐにでも射精《だ》してしまいそうだよ」

困った声で答えたあと、ファビオは腰を動かす。蜜壺の奥を突くように抽送を始めた。

「はぁ、あん。わ、たしも……ああ、すごく、感じて……」

冷たい刺激が熱い官能に変化する。ヴィオレッタはファビオにしがみつき、はしたなく喘いだ。

寝室に淫らな水音と喘ぎ声が響く。

「そろそろ、九日分の我慢を注ぐよ」

吐息混じりに告げられた。

「は……い、っ！」

これまでの冷たさとは真逆の、熱い飛沫が蜜壺内に広がっていく。

ヴィオレッタはファビオに抱かれて、九日ぶりの官能の頂点に達したのだった。

第七章　偽りの幸せ

それからふた月あまり。

昼は政務に参加し、夜はファビオと熱く抱き合う日々が続く。メルサナ国内はドラスコス王国の支配下とはいえ、順調に復興していった。

難民の数は減り、重税から脱することができた民は、新国王であるファビオを讃《たた》えている。

ヴィオレッタも、王妃として皆に認められるようになった。

王城から視察のために街へ出向くと、すぐに人々が集まってくる。

「王妃さま、孤児院へのご寄付をありがとうございます」

「病院を新設していただき、とても助かっております」

「新しい国王さまにも、感謝をお伝えくださいませ」

「メルサナのことをわかってくださるヴィオレッタさまが、王妃になられてよかった」

「細かいところまでお気遣いいただき、国王陛下と王妃さまには足を向けて寝られません」

馬車の窓越しに、ヴィオレッタやファビオを慕う言葉が伝えられた。

「良かったですわね」

馬車に同乗しているバーゼン侯爵令嬢のエミルが微笑む。

「ええ。わたしたちがやっていることが人々のためになっているとわかって、ほっとしたわ」

ヴィオレッタは胸をなで下ろす。

「もちろん正しいに決まっていますわ。これまで間違いだらけでしたもの」

エミルの隣に座っている伯爵令嬢のマーラが言う。

彼女たちは貴族の学院を先週卒業し、今度王城で開かれる舞踏会に出ることになっていた。

他にも政務に携わる貴族の令夫人や令嬢たちが、重臣たちに割り当てられた王城の部屋を使うようになっている。

かつて華やかだった頃のメルサナ王城が戻ってきていた。

とはいえ、締めるところはしっかりしているので、以前のような享楽的なところはない。

「久々の舞踏会ですわね」

エミルが言う。

「わたくしは初めてですわ。素敵な殿方はいらっしゃるかしら」

マーラは期待に目を輝かせている。

「わたしも、ロドリゲスとの婚約披露の宴以来だわ」

婚約してすぐにメルサナ貴族学院に入学したので、王城で過ごしたのはほんのわずかだ。

「あの頃は、わたくしの父が宰相になるなんて、夢にも思いませんでしたわ」

しみじみとした表情でエミルが言う。

「エミルのお父さまはとても有能な方だわ。宰相を引き受けてくださったおかげで、重臣たちがまとまり、ファビオさまの力になってくださっているのよ」

感謝しているとヴィオレッタは告げる。

「建設大臣であるわたくしの父も、エミルさまのお父さまを褒めていらしたわ。あと、ヴィオレッタさまの会議でのご活躍も、よく耳にいたします」

マーラが二人に言う。

「とにかく、国が立ち直ってよかったわ。ドラスコスの属国であっても、皆が幸せで平和に暮らせればいいのだもの」

ヴィオレッタの言葉に、エミルも笑顔で同意している。けれど、マーラはちょっと不満そうに口を尖《とが》らせた。

「でも、王城にあの女がいるのだけは、解せないですわ」

馬車の窓からマーラが睨み付けるように王城へ視線を向ける。

「シェリーは狡猾《こうかつ》よねえ……」

エミルが溜息をつく。

シェリーはグレイブルの愛人として、ちゃっかり王城に居座っていた。グレイブルはファビったた。

オの側近なので、王城でも一番広くて豪華な部屋が与えられている。執務室に近い場所なので、ヴィオレッタも王族の食堂へ行く道すがら顔を合わせることがあった。

「そうね……」

人違いで先日叩いてしまったので、シェリーにはあまり強く出られない。

「わたくし、顔見知りの侍女に聞きましたわ。学院からこの王城に移動する際、グレイブルに泣きついたのですってね」

マーラが二人に顔を近づけて言った。

「どのように泣きついたのかしら。グレイブルはシェリーがロドリゲスの新しい婚約者だったことを、学院で知っていたはずよね？」

エミルが首をかしげる。

「前の王太子から強引に恋人にされて、下級貴族の自分は断れなかったとか、ヴィオレッタさまからの嫌みにずっと耐えていて、辛かったとか、学院にいたらまた虐《いじ》められるなどと、泣きながら言っていたんですって」

「わたし、そんなにたくさん嫌みを言った覚えはないのだけど……」

ヴィオレッタは困惑する。確かに言っていたが、それは彼女の立場を指摘した時だけである。

「あの子は嘘が上手《うま》いのよ」

エミルの言葉に二人ともうなずく。

「それに……身体を使うのも上手だものね……」

マーラが嫌そうに続けた。

「ええ……」

グレイブルと執務室の控えの間でしていたのを、ヴィオレッタは目撃している。

シェリーは豊満な胸を露わにし、猫のような甘えた声を発していた。グレイブルのような無骨な男は、あれで簡単に堕《お》ちてしまったのだろう。

「でも、グレイブルさんて本国に妻子がいるんでしょう?」

「ええ? そうなの?」

エミルの言葉にマーラが驚いている。

「それはわたしも聞いているわ。ドラスコスに妻と娘がいるとか」

「んまあ、なんて破廉恥なの。まるで昔のメルサナみたいね。そんな不倫関係をファビオさまがお許しになっているの?」

マーラがヴィオレッタに問いかけた。

メルサナ王城内の秩序を乱す行為は、厳罰に処されることになっている。

「その点については、あまり厳しくできないみたい。ドラスコスから来た者たちが、妻子を呼び寄せることは禁じられているの。メルサナはドラスコスの王子であるファビオが統治しているけれど、独立しているという形にしておかないと統治しづらくなるからなのですって」

ヴィオレッタが説明した。

「ああ、確かに……外国人に支配されているという屈辱を理由に、反乱や内乱が起きる可能性がありますものね」

エミルが同意する。

メルサナの前の王族と重臣は情けない者たちばかりで、あっという間に制圧されてしまった。だが、民たちが力を合わせたらまた別の力となる。もし不満を持つ難民たちに火がついたら、手がつけられなくなって国はめちゃくちゃになるだろう。

「それで、シェリーみたいな女を愛人にすることを、ファビオさまはお許しになっているということね」

エミルが諦めの表情でつぶやく。

「あの女を王城から追い出せないなんて……」

マーラは悔しげに上を向いた。

「必要悪だと思うしかないわね」

ヴィオレッタもシェリーを快く思ってはいないが、グレイブルはファビオの側近兼護衛として信頼されている。軍のまとめ役としても必要な人物だ。新体制のメルサナがせっかく上手く回っているのに、それを壊すようなことはしたくない。

それに、ドラスコスに関することに、ヴィオレッタが口を挟むわけにはいかなかった。ヴィオレッタは支配されている側なのである。

それでも以前なら——

妻子ある男が破廉恥だ。

立場をわきまえるべきではないか。

王国の中枢で働く資格などない。

——というようなことを、きっとファビオに訴えていただろう。

それを言えないのは、立場だけのことではない。

ファビオに……うるさい女だと思われたくないのである。

身体の関係は深まっているけれど、心を通わせるほど二人きりで話し合えてはいなかった。

ファビオは政務だけでなく、メルサナの新しい軍隊の指導もしている。早朝から深夜まで働きづめだ。

疲れて寝室に戻ってきたファビオは、ヴィオレッタを抱いたあと倒れるように眠っている。

そんな彼に口うるさく嫌な指摘をしたら、うんざりするだろう。それで嫌われてしまったらと思うと、何も言えなくなった。

(ロドリゲスには何でも言えたのに……)

嫌われようと煙ったがられようと平気だったと、今更ながらヴィオレッタは苦笑する。

「どうなさいました？　何かおかしいところでも？」

髪を結っていたマギーが、心配そうに鏡の中のヴィオレッタに問いかけてきた。

「あ、いいえ、ちょっと思い出し笑いをしただけ」

「さようでございますか。本日は午後の会議のあとに、仕立屋が参りますよ」

「東の間でドレスの採寸をするのよね」

今度の舞踏会はファビオが即位して初めて開かれるので、国王と王妃のお披露目《ひろめ》を兼ねている。それにはそれなりのドレスを新たに仕立てる必要があった。

（ファビオさまはどんなドレスがお好みかしら……）

そういう話もしたことがなかったなと思いながら、マギーと会議室に向かう。

「まあ！　髪留めをひとつつけ忘れておりました。これではここから解《ほぐ》れてしまいます」

マギーがヴィオレッタの髪を見て声を上げた。

「え？　あら、本当だわ」

横の髪がはらりと一筋落ちている。

「すぐに髪留めを持ってまいりますので、ここでお待ちくださいませ」

マギーは踵を返すと、小走りで王妃の間へ戻っていく。

「時間はまだあるから、急がなくていいわよ」

転んだら大変だと、ヴィオレッタは声をかけた。王城の廊下には絨毯が敷かれていて、足をとられやすい。

「え〜もういってしまうのぉ」

前方から声が聞こえてきてヴィオレッタははっとした。開いている扉から、大柄な男と小柄な女性が出てきている。

(あそこはグレイブルの部屋だわ)

ということは、後ろ姿の小柄な女性はシェリーなのだろう。グレイブルの腕にぶら下がるようにしがみついていた。

「あたしより会議が大切なのね」

(やっぱりシェリーだわ)

貴族学院でロドリゲスに話しかけていた時に、何度も聞いていたあの声である。

「終わったらすぐに戻るよ、子猫ちゃん」

シェリーの頬にキスをしている。

「早くね。待っているわ」

甘ったるい声を出して見送っていた。グレイブルが会議室への角を曲がって姿が見えなくなると、シェリーはくるりと身体を反転させる。

部屋に戻ろうとしたが、ヴィオレッタに気づいたらしい。

「あら、王妃さまが覗《のぞ》き見? 品のないこと」

唇の端を上げて笑った。

ロドリゲスやグレイブルに見せない、シェリーの本当の顔である。

「下級貴族の娘が、王妃を侮辱して許されると思っているのかしら」

ヴィオレッタは上から目線で返した。これまでのメルサナ王国であったら、王妃を侮辱した罪で即刻投獄される。最低でも鞭打ち刑に処されだろう。新体制となった今でも、下級貴族が王族を侮辱するのは大罪に値する。

「あたしを侮辱罪で投獄すればいいわ。でも、すぐに出てくるけどね。だってあたしは、国王の側近兼将軍の恋人ですもの。彼はここの宰相よりも偉いのよ」

ふふんっと鼻で笑った。

「恋人ではなく、愛人でしょう？　グレイブルには本国に妻と娘がいるのだから」

ヴィオレッタの言葉に、シェリーの顔色がさっと変わる。

「妻と娘？」

引き攣った表情で問い返された。

「あら、知らなかったの？　侍女たちの間で有名だし、貴族院名鑑にも記載されているわよ」

ヴィオレッタはシェリーの反応に驚きながら問いかける。

「そ、そんなの……気にしないわ。あの人に、妻と別れてあたしと結婚してくれるように頼めばいいのだもの。ロドリゲスさまと同じように、きっとあたしを選んでくれるわ。あたしには、

それだけの価値があるもの」

気を取り直してヴィオレッタに言い返してきた。シェリーらしい強気の発言だが、表情や視線に戸惑いを感じる。

(グレイブルが妻子持ちなことを、本当に知らなかったのね……)

とはいえ、自分の魅力で正妻の座を奪えると考え直したようだ。

「それは不可能よ」

ヴィオレッタはすぐさま否定する。

「な、なんでよ」

「貴族院名鑑にグレイブルは婿養子だと記載されているわ」

王家には貴族の身分や出自、領地などを記した貴族院名鑑がある。外国の上級貴族に関しても、授位や代替わり、婚姻などの詳細が記録されていた。それにより、偽貴族など身分詐称ができない仕組みになっている。

「今の身分は夫人のグレイブル伯爵家があってこそのもの。もし離縁したらグレイブルは下級貴族の身分に落とされて、本国に戻るように命じられるでしょう」

「む……婿養子って……」

シェリーの表情が強張った。

「お気の毒だけれどあなたはここで、一時的な愛人でしかないのよ。遊び相手なだけだわ」

ヴィオレッタは厳しい言葉を投げかける。

「そ……そんなの、あなたも一緒じゃない」

狼狽しながらシェリーが言い返してきた。

「わたしは……王妃だわ」

一緒にしないでと首を振る。

「同じだわ。ここをファビオさまが統治するための、都合がいいだけの王妃じゃない」

そもそもヴィオレッタは、王族だから本国に連行されるはずだった。だが、ファビオが慰み者として所望してきたのと、メルサナを統治するために使い勝手がいいということで王妃になったのである。

「そ、そのことは、承知しているわ。でも、この国と民が、今までよりも平和で幸せに暮らせるようになるのならと、わたしは受け入れたのよ」

大義があるのだとシェリーに返した。

「相変わらず気高いお考えですこと。まあ、そこがあなたらしいと言えばそうだけど……」

シェリーは表情を緩めてヴィオレッタに向き合う。

「グレイブルさまのことを知らせてくれたお礼に、あたしもお返しするわ」

「えっ?」

首をかしげてヴィオレッタは見返す。

「あなたは暫定的な王妃で、いずれファビオさまは本国から正式な王妃を迎えられるそうよ。グレイブルさまが何度も言っていたから本当よ」

「正式な王妃？」

「お互い今だけの立場だわね」

驚くヴィオレッタに背を向け、シェリーは部屋に戻っていく。

残されたヴィオレッタは、シェリーの言葉に大きな衝撃を受けていた。

シェリーは嘘つきである。だが、嘘だ、あり得ない、と断言はできない。

当初ファビオは、ヴィオレッタの身体だけを目的にしていた。その後は、ヴィオレッタの血筋が統治に有利だということで王妃にしたのである。

ファビオはヴィオレッタの知識を褒めてくれたけれど……結局のところそれを利用している。

彼にとってヴィオレッタは、都合がいいというだけの王妃なのだ。

（そんなの、ずっとわかっていたことじゃない）

以前、シェリーを叩いた時から自覚していた。

ファビオに恋心を抱いているのは自分だけである。ヴィオレッタの身体に対する欲望はあるけれど、ファビオはヴィオレッタに恋愛感情などを持ってはいない。

優しくしてくれるのは、計算ずくのことである。

けれども……本当の王妃が来るとシェリーに知らされて、心に強い痛みを感じていた。

辛い気持ちのまま、夜を迎えてしまった。

「陛下がお戻りになりました」

国王付きの侍女が呼びにくる。

「ええ……」

夜着の上にガウンを羽織って、ヴィオレッタは王妃の寝室から国王の寝室に通じる扉を開ける。

灯《あか》りを落とした王の寝室には、甘さを含んだ妖艶な香りが漂っていた。ファビオが夜に好んで纏っている香水である。その香りを嗅ぐだけでヴィオレッタの中にある淫らな気持ちが高まり、熱い夜に溺れられるのだが……。

今夜はそれよりも、昼間のことが気になってしまっていた。

「どうしたの？　表情が硬いね」

ベッドの側面に立つヴィオレッタを見て、ファビオが声をかけてくる。

「わたし……」

伏せていた睫毛を上げて、ファビオを見つめた。

「何か困ったことでもあった？」

優しい表情で問いかけられる。

「あの……わたしが……王妃でいてもいいのかと……」

はっきりとは聞けなくて、遠回しに質問した。

「今更なにを言い出すのかな。あなたは重臣たちや貴族、そして民も認める王妃じゃないか」

苦笑しながらヴィオレッタをファビオは引き寄せる。

「あ……」

枕を背に座っている彼の上に覆い被さってしまった。

「外国人の私の方が、国王として認められているのか、心配になるよ」

ファビオを跨ぐようにヴィオレッタは向かい合わせに座らされる。

「あなたは良い国王だわ。みんなが認めている」

ファビオを見つめてヴィオレッタは返す。ベッドサイドの灯りに照らされていると、ファビオの美貌にぞくっとするほどの妖しさが漂う。

「あなたは……わたしが、王妃でいいの？」

周りは良くても、肝心のファビオの気持ちは聞いたことがなかった。

美しくて聡明で、大国ドラスコスの王子である彼には、いくらでも素敵な女性が寄ってくるだろう。わざわざ支配下の元貴族の鼻持ちならない女を、ずっと妃にしている義務はないのだ。

「もちろんだよ。この魅力的な身体を誰に憚ることなく、存分に味わえるんだ」

にこやかに答えると、ファビオはヴィオレッタのガウンの衿を左右に開いた。

「あ……っ」

ヴィオレッタの乳房がすぐさま現れる。ファビオは日中、非情に忙しい。夜くらいは彼の手を煩わせないようにと、ガウン以外は何も着けずにいた。

「こうして私のために準備してくれて、これ以上望んだら罰が当たりそうだ」

目の前にあるヴィオレッタの乳房をうっとりと見つめている。

「は、恥ずかしいわ……」

隠そうとしたけれど、その前にファビオの手が素早く乳房に到達した。両手で覆うように掴まれる。

「今宵《こよい》もあなたを抱けることが、私は何よりも嬉しいよ」

華やかな笑顔を向けられる。

(わたしを……抱くだけ?)

それ以外に、ヴィオレッタに対する感情はないのだろうか。問いかけたかったが、勇気は出なかった。

シェリーが言った通り、自分は可愛げのない女である。

戸惑うヴィオレッタに、ファビオの顔が近づいてきた。

「ん……」

彼の形のいい唇がヴィオレッタの唇を塞ぐ。

（ああ……）

夜は、口づけから始められる。ファビオは、ヴィオレッタの乳房を揉みながらキスをするのが好きらしい。

（か、感じて……きちゃう……）

ヴィオレッタは、キスをされながら乳首を弄られるのに弱い。

ファビオの上で悶え喘ぎ、痴態を晒してしまう。

そんなヴィオレッタを彼を楽しそうに見つめている。

「腰を下ろして……」

今夜は座ったまま彼の熱棒を収めるように命じられた。

「あ、ああ……奥に……」

ファビオの竿先が、ヴィオレッタの奥深くまで突き刺さる。それだけで、熱い官能が蜜壺から発生した。

「腰を少し上げて」

膝立ちで彼を跨いでいるヴィオレッタにファビオから命じられる。

「こ……う？　あ、あんっ」

少し腰を上げると、蜜壺の中の熱棒がぬるっと出て、抜け切る前に止められる。たったそれだけで、すごく感じてしまった。

「いいね。次は腰を下ろして」

ヴィオレッタはファビオの肩に掴まり、言われた通りに腰を下げる。

「あ……すごい……」

竿先が蜜壁を擦りながら中に挿入った。

「うん、すごいね。感じるよ。もっと動いてくれるかな?」

嬉しそうなファビオの声。

「……はい」

恥じらいながらも、ヴィオレッタは腰を上下させる。

「あんんっ」

快感が背中を駆け上がった。

「いいね。今度はもう少し速く」

「は、はい……」

息を乱しながらも、ヴィオレッタははしたない動きを繰り返す。

ベッドの上では、ファビオの言いなりだ。

彼から要求されると、なんでもしてしまう。

そしてそれは、強い快感を伴っていて、ヴィオレッタを官能の沼に沈めていく。

（……このまま……ずっと……）

彼とこうしていたい。

この関係を続けていたい。

もし、彼が身体目当てだけで恋愛感情などないとしても、ヴィオレッタには止められない。

（……わたしもシェリーと一緒だわ）

そう思ったけれど、すぐさま頭の中で否定する。

（いいえ違う。絶対に違う。だって……わたしは、ファビオさまが好きだもの。愛しているもの）

政略や損得だけではない。

一方通行だけれど、恋愛関係だ。

王と王妃として君臨し、王の妃として夜を過ごす。

これ以上望んではいけない。

望んで、ファビオから嫌われたくない。

ロドリゲスとの時のように、棄てられたくない。

偽りのままでもいいから、妃でいたい。

恋は、強気な令嬢だったヴィオレッタを、か弱い乙女にしていった。

第八章　悲しい真実

「ヴィオレッタ！　今日は一緒に夕食を摂ろう」

いつもは執務室でグレイブルと摂るか、閣僚と会議をしながら食事をしていたファビオが、珍しく声をかけてきた。

「ええ。でも、どうなさったの？　忙しくはないの？」

ヴィオレッタが参加した午後の会議を終えて、王妃の間に戻ろうとした時である。

「ドラスコスから、食物が届いたんだ」

今日の午前中に、貨物馬車がドラスコスから到着していた。名産品や珍しい果物などが満載されていたという。

「あなたにも食べてもらいたくてね」

「わたしに？」

「うん」

とても嬉しそうな表情をファビオから向けられた。

「なんだか子どもみたいなお顔ね」

頬が紅潮している。

「メルサナの料理や食材も悪くないが、ドラスコスの味がちょっと恋しくてね」

ファビオが答えた。

(ああ……そういうことなのね)

メルサナの国王になったとはいえ、彼にとっての故郷はドラスコスである。本国の食事が恋しくなるのも無理はない。

もしヴィオレッタがドラスコスにいたら、同じように思うだろう。故郷を恋しく感じるのは、子どもの頃からずっと食べていたものなのだ。

それでも、ファビオと食事をするのは嬉しい。

「ねえマギー、夕食のドレスはどれがいいかしら」

衣装部屋に入って、あれこれと選ぶ。

「そうですねえ。夜ですからこちらの落ち着いた色のドレスはいかがでしょう」

「地味すぎない?」

「公爵家からお持ちになったインペリアル・ブラッシュの首飾りをお付けになったら、とても上品で華やかになると思いますわ」

「確かにそうね。耳飾りとお揃《そろ》いでつけていくわ」

「あと、髪飾りにこちらの真珠もよろしいかと」

「それだったら、靴はどうしようかしら」

衣装を選んでいるうちに、華やいだ気持ちになってきた。

「まるで夜会に出るようですわね」

マギーも楽しそうに選んだ物を並べている。

「そういえば、来週は舞踏会だわ」

ファビオが即位してから初めての宴だ。メルサナの上級貴族たちに加えて、ドラスコスの要人が何人かやってくる。

支配下にあると実感させられてしまうけれど、以前よりも国や民の暮らしが良くなっているのだから不満はない。

ヴィオレッタに対しても、王妃として大切に扱ってくれている。

(優しくて紳士だものね)

ヴィオレッタを抱いている時には、必ず素敵だ綺麗だと褒めてくれた。でも、どこまで本心かはわからない。

褒めてくれるけれど、気持ちを伝えられたことはなかった。

『利用されているだけ』

シェリーの言葉が頭をよぎる。

本当にそうなのかもしれない。

でも、今のヴィオレッタにはどうしようもないのだ。

(とにかく、今日の夕食を楽しもう)

初めて一緒の晩餐《ばんさん》なのだから。

念入りに化粧をし、ドレスを身に着けた。

「そろそろ時間ね」

鏡の前から立ち上がった時、侍女が衣装部屋にやってきた。

「陛下がお迎えにいらしています」

と告げられる。

「ファビオさまがここに?」

「はい。居間でお待ちになっています」

返事を聞いて、ヴィオレッタはマギーとともに衣装部屋から出る。次の間を通り過ぎ、王妃の居間の扉をマギーが開けた。

「お待たせいたしました」

ヴィオレッタが居間に入る。

「……」

立ち上がって振り向いたファビオは、ヴィオレッタを見て目を見開いた。

「遅くなりましてすみません」

謝りながらファビオの方へ行く。

「なんて……綺麗なんだ……」

「ありがとうございます」

いつもの社交辞令だと受け流す。

「本当に、天使のようだ。美しい」

「大げさですわ」

苦笑するヴィオレッタの耳元に、ファビオが顔を近づけた。

「いやもう、このまま寝室に連れ込みたいよ」

ぞくっとするような声で囁かれる。

「……だ、だめよ」

耳を赤くして首を振った。

「食事をする時間がもどかしいよ」

「でも、ドラスコスの懐かしいお料理なのでしょう?」

「そうだった。では急いでいただくか」

言いながらヴィオレッタに肘を差し出す。

食堂までエスコートしてくれるらしい。

「はい」

はにかみながら彼の腕を掴んだ。

こんなふうに歩くのは初めてである。シェリーがロドリゲスやグレイブルとしているのを何度か見かけたことがあったが、ヴィオレッタはしたことがない。

(こういう感じなのね……)

腕からファビオの体温が伝わってくる。彼の甘さを含んだ爽やかな匂いも感じて、胸がドキドキしてきた。まるで、恋人同士のような気分である。シェリーが何かと相手の腕に絡みついていたのがよくわかった。

(この方は、どうなのかしら)

女性をエスコートすることに、慣れているような気がする。

嫌みのない美貌と煌めく金色の髪、すらりとした体躯《たいく》。深みのある緑色の瞳は、近くで見ると宝石のように美しかった。

ドラスコスでは、女性からいつもこんなふうに絡みつかれていたのかもしれない。先ほどヴィオレッタを褒めてくれた時も、耳障りのいい言葉がすらすらと出ていた。

(そうよね。こんなに素敵な人が放っておかれるわけがないわ)

ドラスコスではたくさんの女性に囲まれて、不自由などなかったのだろう。女性の数が少ないこのメルサナでは、ヴィオレッタを選ぶしかなかったから……。

（そのことに拘るのはやめよう）

現在ファビオの妃はヴィオレッタなのだ。この素敵な男性《ひと》を独占できるのは、自分だけである。

ヴィオレッタは組んでいるファビオの腕に自分の身体を寄せた。

食堂に入るまでの短い間だけれど、恋人気分を味わっていたかった。

（でも、この方にとっては、特別なことではないのよね）

ファビオを見上げる。

余裕の笑みを浮かべているだけで、いつもと変わりはない。

（それでもいいわ）

ファビオと腕を組んで歩くだけで幸せな気分になる。

食堂までの廊下がもっと長ければいいのに、と思ってしまうほど……。

けれど、ヴィオレッタの願いも空《むな》しく、間もなく食堂に着いてしまった。白い扉に金色の装飾が施された扉が、衛兵によって開かれる。

扉の向こうには、料理人や侍女たちが並んでいた。二人はその中を歩いてテーブルの方へ行く。

「まあ……素敵」

花で飾られた長テーブルに、沢山の料理が並べられていた。凝った装飾の燭台《しょくだい》が随所に置かれ、蠟燭《ろうそく》の灯がゆらめいている。

「おとぎの国の食卓みたい」

料理と花が幻想的に浮かび上がっていた。普段はヴィオレッタひとりで食事を摂るので、大テーブルの半分も使っていない。灯りも料理も、ごく普通だった。

「せっかくの料理だからね。あなたにも最上級の雰囲気で食べて欲しかったんだ」

「ありがとう。楽しみだわ」

ヴィオレッタが腰を下ろすと、壁際に並んでいた給仕たちが料理を取り分け始める。

前に置かれた皿に給仕が恭しくスープを注ぎ、なにやらトッピングを施した。

「綺麗な色のスープ」

サーモンピンク色をしたスープの中央に、緑色と白色の円が描かれている。

「ドラスコスで捕れる川エビのビスクスープに、名産の夏エンドウ豆と冬エンドウ豆のピュレをあしらってあるんだ」

角を挟んで斜め横に座ったファビオが説明してくれた。緑が夏エンドウ豆で、白が冬エンドウ豆とのことである。

「まずはビスクスープを味わってみて、そのあとエンドウ豆と一緒に試してみるといいよ」

「わかったわ」

ファビオが勧めるとおりに、川エビのところだけをスプーンですくう。トロリとしたスープだ。

「ん……すごく濃厚ね……ああでも、こんなに濃いのにさっぱりしているわ」

メルサナの海で捕れるエビは、後味がいつまでも口の中に残る。川エビにはそういうしつこさはない。

次にエンドウ豆のピュレも混ぜて飲んでみた。

「あ……すごい、変わったわ」

川エビの味がずんっと重くなり、後味は柔らかくなっている。

「どう?」

「美味しいわ。川エビだけのも良かったけれど、わたしはエンドウ豆を混ぜた方が好き」

「私も同じだよ。好みが一緒で嬉しいな」

ファビオが満面の笑みを浮かべて、スープを口に運んだ。

「うん。この味だ。懐かしい」

納得したようにうなずいている。

「メルサナの料理も美味しいけれど、ドラスコスの馴染《なじ》みのある味がどうしても食べたくなっていたんだ」

しみじみとした表情で料理を見ている。

王城の料理人は以前のまま、メルサナ王家で雇われていた者たちで構成されていた。なので、出てくる食事のほとんどはメルサナ料理なのである。

「ああ、このパンも懐かしい」

まん丸なパンをファビオが手に取った。

「ドラスコスのパンは丸くて穴が開いているのね」

真ん中に小さな穴が空いている。

「我が国の伝統でね。ここに紐を通して携帯できるようになっている」

兵たちは兵糧として、街人や農民たちはお弁当として、腰にぶら下げているそうだ。

「便利なのね」

「吊《つる》して保存できるので、ネズミなどに齧られる危険も少ないよ」

「確かにそうね……でも、メルサナの細長いパンも、便利なのよ」

束ねて保存や携帯できるし、持ったまま食べやすい。

「なるほど、あのパンにも利点があるんだな……」

ファビオが納得している。

(なんだか楽しい)

先ほど、まだ食堂に入りたくないと想ったことなど、どこかに吹き飛んだ。

そのあともずっと、メルサナとドラスコスの料理の違いをあれこれ言いながら、二人で夕食を摂った。

食事の終わり頃……。

「今度の舞踏会に、ドラスコスから兄のアンドルーが妃と一緒に来ることになった」

「ドラスコスの王太子ご夫妻ということね」

「そうだよ。義姉上とは初めてだよね？　メルサナの料理でもてなして、あなたを妃として紹介するよ」

「お義姉さまに……？」

驚いた表情をファビオに向ける。

「驚くことはないだろう？　弟が兄嫁に自分の妻を紹介するのは当然なことだ」

「……そうですけれど……」

「きっと義姉上も喜んでくれるだろう」

「え、ええ」

（いいのかしら）

自分はファビオが勝手に妃にしただけで、ドラスコス王家やドラスコスの貴族院などでは正式に認められていない。貴族院とは政府とは別の組織で、司祭や裁判官などで構成されていて、どの国にも必ずある機関だ。

メルサナ王国もそうであったが、何事もその国の貴族院で認められなければ、正式ではないと見なされてしまう。

そもそもヴィオレッタは、ファビオがここを統治するための暫定的な王妃ではなかったのか。

(それなのにお義姉さまに紹介してくださるって……わたしをちゃんと妃と認めてくださったということ？)

まさか、という思いと、もしかして、という期待がヴィオレッタの胸の中で渦巻く。

「これも飲んでみないか。ドラスコスの銘酒と言われているものだ」

青い陶器の壺を持ち上げる。

「その壺は、フレメンワインでは？」

「よく知っているね」

「フレメン川流域で作られるワインでしょう？　メルサナの貴族で知らぬ者はいないわ」

すごく高価で極上の味わいだと言われている。

「飲んだことはある？」

「ほんの少しだけ」

父公爵の還暦のお祝いでいただいた際に、飲ませてもらっていた。舐める程度であったが、芳醇《ほうじゅん》な香りと深みのある味わいにうっとりしたことを覚えている。

その貴重なワインが、ヴィオレッタのゴブレットに並々と注がれた。

「こんなにたくさん、飲めないわ」

元々お酒はそれほど強くない。

「大丈夫だよ。これはすうっと入っていくから」

「でも酔っ払ってしまいますわ」

困惑して彼を見た。

「酔って立てなくなったら、私が抱いて寝室へ運んであげるから安心していいよ」

「え……」

ファビオの言葉に、ヴィオレッタは頬を染める。

「さあどうぞ」

ゴブレットを持たされた。

ファビオの強引さに苦笑しながらも、ヴィオレッタはゴブレットを傾ける。

「ああ……この香りと味だわ……」

うっとりしながらワインを見つめた。

「本当に美味しいわ」

ついつい飲んでしまい、ヴィオレッタの頬が赤くなっていく。

「今夜は夜まで一緒に過ごそうね」

ファビオから意味深な視線を向けられた。

「……」

右手にゴブレットを持ち、左手で頬を手で押さえながら、ヴィオレッタはうなずく。

（今夜はずっと一緒なのだわ）

優しくて魅力的なファビオは、ヴィオレッタが初めて恋した男性だ。好きな相手の妻として食事をし、夜を過ごす。相手の親族にも紹介されるのだから、ヴィオレッタは名実ともにファビオの妃だ。

これ以上の望みと言えば……。

ファビオの心がいまいちわからないところである。ヴィオレッタのことをどう思っているのか。利用するだけの存在なのか。

こうして一緒に過ごしているのだから、嫌な相手ではないはずだ。

今夜はベッドまでずっと一緒なのである。

（聞いてみようかな……）

ベッドで自分の気持ちを告げてみよう。真摯に伝えたら、ファビオも気持ちを聞かせてくれるかもしれない。

これまでは、利用しているだけと言われたらと思うと、恐《こわ》くて聞けなかった。今夜は酒の影響もあってか、勇気を出せそうな気がする。

（大丈夫よ。お義姉さまに紹介してくださるくらいだし……）

ぎゅっとゴブレットを握り締めた。

「ん？　もう一杯ほしい？」

ファビオに問いかけられる。

「そ、そうじゃなくて、あの、やっぱりちょっと、酔ってしまったらしくって」

慌てて首を振った。

「ああ、確かに顔が赤いね。じゃあそろそろ、部屋に戻ろうか？」

「はい」

ヴィオレッタは立ち上がる。

ファビオが横に来て、腕を差し出してくれた。

「私に掴まっていいからね」

「ありがとうございます」

これからのことで胸をときめかせながら、お礼を告げる。ヴィオレッタがファビオと食堂を出て、しばらく廊下を歩くと……。

「うあぁぁぁぁぁ」

野太い声が廊下の向こうから響いてきた。

「な、なに？」

執務室近くの廊下で、誰かが身体を丸めて嗚咽している。

「あれはグレイブルだ」

「まあ……」

二人が近くまで行っても、グレイブルは突っ伏したまま泣いていた。

「どうしたんだ?」

ファビオが問いかける。

「う……うぅぅ、シェリーが……出て行ってしまったんだ! 俺が妻子持ちだから、もういらないと……あああああ」

どうやら、シェリーに棄てられて嘆いているらしい。

「もう生きていたくない。死んでしまいたい。おおおおおお」

大男が情けない声で泣き叫んでいる。

「困った奴だな……」

ヴィオレッタから離れたファビオは、突っ伏して泣くグレイブルの背中に手を置いた。

「どうしましょう。シェリーにグレイブルが既婚者だと教えてしまったのはわたしなの」

おろおろしながら小声でファビオに告げる。

「いずれ知られることなのだから、あなたのせいではないよ」

グレイブルが妻子持ちだというのは、王城に知れ渡っているのだ。

「私はこいつを慰めなくてはならないので、済まないが先に部屋に戻ってくれ」

「わかりました」

責任はないとはいえ、ヴィオレッタもこの件に無関係ではない。楽しい夜はいったんお預けだ。

（仕方がないわね）

とりあえず王妃の間に戻ることにする。グレイブルが発する「おーん、おーん」という泣き声が、かなり遠くまで聞こえていた。

「それにしても……」

あんなに泣かれるほどシェリーはグレイブルに愛されていたのだ。いくら妻子持ちとはいえ、あそこまで愛されていたことが羨ましい。

（わたしがここから出ていくと言ったら、ファビオさまはどうなさるかしら……）

あんなふうに泣いてくれるだろうか。

引き止めてはくれるはずだ。

「だってわたしは王妃だもの……」

でも泣くとなったら……。

酒の酔いが醒《さ》めてきて、頭の中も冷えてきたのを、ヴィオレッタは感じるのだった。

グレイブルの嘆きは深刻で、ファビオはあの夜戻って来なかった。

しかもグレイブルは……。

「俺はもうドラスコスに帰る！」

と、強硬に主張したので、帰国させることになった。そのため、新しい側近と将軍が来るまで、ファビオは多忙を極めるようになる。

「このところ、また夜もお戻りにならなくなりましたね」

マギーがヴィオレッタの髪を結いながらつぶやく。

「そうね。昨日新しい側近と将軍がドラスコスから到着したから、しばらくすれば余裕ができるのではないかしら」

若い将校が側近になり、ドラスコスで軍事専門副大臣を勤めるベテラン貴族が将軍となった。

「これで通常の政務に戻れるな……」

重臣との会議で、ファビオはほっとした表情を浮かべている。

（やっと落ち着いたのね……）

一時はどうなることかと心配された舞踏会も、予定通り開かれることになった。各国の王族を招待してあるため、城の中は準備で大わらわである。

（……今夜は寝室に戻られるかも？）

会議後の面倒な書類処理を側近に任せることになっていた。ファビオの夜の時間に、余裕ができたはずである。

「か、確認したほうがいいわね」

もし戻ってくるのなら、それなりに準備が必要だ。

ヴィオレッタは王妃の間から出て、執務室に向かう。

「きゃはは、いやあんっ」

聞き覚えのある甘ったるい声が聞こえてきた。以前グレイブルが使っていた側近用の部屋の扉が開いている。

「まだ仕事が残っているから、君と過ごしている時間はないんだ」

青年の声。

新たにファビオの側近になったハンスだ。そして一緒にいるのは……。

「だってえ……ハンスといたいのだもの～」

口を尖らせて甘えるシェリーである。

(もう新しい側近に近づいたの?)

彼は確か独身で、婚約者もいないとファビオが会議で紹介していた。

「ごめんよ子猫ちゃん。終わったら必ず連絡するから」

シェリーの頭の上に手を乗せて告げると、ハンスは執務室の中に入っていく。

「あーあ」

つまらなそうに踵を返したシェリーは、廊下に立って見ているヴィオレッタに気づく。

「あら、またしても覗き見？　王妃さまがすることじゃないのでは？」

嫌みたっぷりに言われた。

「通りかかっただけよ。それにしても、手が早いのね。感心するわ」

嫌み混じりだが、正直な感想を返す。シェリーの強かさには一目置くものがある、ヴィオレッタには持ち得ないものだ。

「いいでしょう？　ハンスさまはドラスコスのアンセル侯爵家の次男なんですって。爵位はお兄さまが継がれるけれど、メルサナなら新たに侯爵の位を授与してもらえるのよ。ここで彼と結婚して、あたしはアンセル侯爵夫人になるわ」

上級貴族の仲間入りだと胸を張った。

「グレイブル将軍のことはもういいの？」

「あんな妻子持ち男、まっぴらよ。ハンスさまなら申し分ない結婚相手だわ」

「薄情ね」

「ヴィオレッタさまほどではないわ」

「えっ？」

「ロドリゲスさまのことなんて忘れて、ファビオさまとよろしくやっているんでしょ。どちらが薄情かしらね」

「それは、あなたがロドリゲスさまを奪ったからでしょ？」

「ヴィオレッタさまがロドリゲスさまを大切にしなかったから、奪われたのよ」

奪われる方が悪いというような目を向けられる。

「か、勝手だわ」

「そうかしら? 結婚は女にとって男性の戦と同じでしょう?」

「ずいぶんと物騒なことを言うのね。なぜそんなふうに思うの?」

他の貴族の令嬢とは違う考えを持つシェリーに、ヴィオレッタは興味を惹かれた。

「あたしの祖母は上級貴族の令嬢だったの。でも結婚相手を横取りされて、残った下級貴族の祖父と結婚した。だから娘であるあたしの母は、王宮の舞踏会にも呼ばれず、田舎の下級貴族に嫁いだわ。祖母は亡くなる寸前まで、自分が上級貴族と結婚していれば、母もあたしも素敵な上級貴族の青年と結婚できたのにって、泣いていたのよ」

「そのお祖母さまの無念を晴らすために、あなたは上級貴族との結婚を狙っているのね」

ヴィオレッタが納得しようとしたところ……。

「違うわ。無念なんて晴らすつもりはないわ。何も努力せず、上級貴族と結婚したかったと泣きながら人生を終えたくないだけよ」

「そのためにロドリゲスを奪ったのね。あんな男と結婚して幸せになれたかしら?」

「あれはまあ……王太子妃っていうのもいいかなって、試しに誘惑してみたら簡単に手に入ってびっくりしたわ」

「やっぱりその程度の気持ちだったのね」

呆れるけれど、シェリーには状況を冷静に見て上手く立ち回る能力があると感じる。

(そういえばこの娘、貴族学院での成績は上位だったわ)

この才能を男漁り以外に活かせたらいいのにと考えていると……。

「でもヴィオレッタさまにも責任はあるわ」

「わたし?」

そもそもロドリゲスを誘惑したシェリーの責任ではないのかという視線を返す。

「あたしが奪わなくても、ロドリゲスさまはいずれ他の女に奪われていたわ。ファビオさまだって、うかうかしていたら他の誰かに奪われちゃうわよ」

「大丈夫よ。ここにそんなことをする女性は、あなたぐらいだもの」

苦笑いで返した。

「ええそうよ。ここにいる貴族の令嬢たちは手を出さないかもしれないわ。でも、ドラスコス王国には、ファビオさまを狙う方たちがたくさんいるのよ」

「なぜシェリーがそんなことを知っているの?」

「グレイブルさまに聞いたからよ」

女性に事欠かないほどモテていたという。

「……そんなこと……ファビオさまを侮辱したら罰するわよ」

「おお恐い。でもあたしが言ったんじゃないわ。言ったのはグレイブルさまだもの。では失礼」

スカートを摘まんで頭を下げると、シェリーは側近の部屋に消えていった。

(ファビオさまを狙う令嬢たち……)

ドラスコスには沢山いるのだという。

「と、当然のことじゃない」

若くて凛々しくて、文武両道の美丈夫だ。国王の次男で王太子の弟なのだから、いずれはドラスコスのナンバーツーとして君臨するだろう。

(とにかく、今夜のことを聞いておこう)

ヴィオレッタは執務室の扉を開ける。側近が控えている次の間に、ハンスの姿はなかった。

「――――」

「――」

中から声がする。

ファビオとハンスが話し合っているようだ。

「いやそれは、ヴィオレッタには言わないでくれ」

近づくとファビオの声がする。

「でも隠せることではないので」

ハンスの困惑した声。

（わたしのこと？）

「だが……」

「一度ドラスコスに戻られた方がいいですよ」

（戻る？）

「私のことをずっと待っているのはわかっている。だがまだ道半ばなんだ。今戻るわけにはいかない」

（メルサナの立て直しが終わっていないということよね？）

責任感の強いファビオは、途中で投げ出したくないのだろう。

とはいえ、終わったらドラスコスに戻るつもりでいるのだ。ヴィオレッタを棄てて、ひとりで……。

（待っている？）

もしかしたらグレイブルと同じく、本国に恋人か婚約者がいるのかもしれない。

（まさか妻が？）

思った瞬間、倒れそうなくらいの衝撃を覚える。ヴィオレッタはよろよろと次の間から廊下に出た。

今夜戻るのかなんて、聞くような状況じゃない。

（……わたしだってそのつもりだったわ）

ファビオがヴィオレッタを利用したくて王妃にしたのと同様に、自分もメルサナの民を保護し国を立て直すために受け入れたのだ。

それが首尾よく終了し、ファビオがヴィオレッタを棄ててドラスコスに戻っても、咎めることではない。

お互いさまだ。

（でも……）

どれほど自分自身に虚勢を張っても、ヴィオレッタの心は今にも壊れてしまいそうになっている。

「だってわたしは……」

ファビオが好きなのだ。初恋だと断言できる。

けれどその思いは彼に届かない。

そして……いずれ、壊れて消えてしまう……。

執務室から離れて、ヴィオレッタは王城のテラスに向かった。今自分の顔は悲しみに歪んでいるに違いない。マギーや侍女たちが見たら、驚くし心配させてしまうだろう。もし理由を問われても答えられない。

（平気な顔ができるようになるまで、テラスで冷たい風に当たっていよう）

廊下からテラスに出られる扉を開いた。

「風が……すごいわ」

強い風がヴィオレッタの顔に当たる。王城は小高い丘の上に建っているので、ことさらに風が強い。

髪とドレスをなびかせながら、ヴィオレッタはテラスの手すりへ歩いて行った。

「この季節は強風の日が多いのだったわ。避難所が完成していて本当によかった」

洪水で家を失った者たちが暮らせる避難所が、ファビオの指示で国内各地に建設されていた。ひと月足らずで完成する簡易なものであるが、頑丈にできている。あれらがあれば、ふたたび災害が起こっても安心だ。

民の暮らしを守れた安堵と、ファビオに対する感謝を深く感じる。

「それにしても、なんて強い風。こんなところにはいられないわ……あら？」

建物に戻ろうとしたヴィオレッタの目に、不思議なものが映った。

大きな木の葉に似た物体が、変な回転をしながらこちらに向かってきている。焦げ茶色で、黄色い模様が見え隠れしていた。

「え……っ　きゃっ！」

ヴィオレッタに向かって、猛スピードで迫ってくる。弾丸のような速さに、思わず手すりに隠れるようにして屈んだ。

それはヴィオレッタの頭上をかすめて、テラスの中央に向かっている。

ズザザザザ!

キー!

テラスの石床に、擦れる音と悲鳴のような声が響いた。

「まあ……」

振り向いたヴィオレッタは、飛んできたものを見て驚く。

「書簡鳥だわ」

速達通信に使う鳥だ。強風に煽《あお》られながら、書簡を届けにきたのである。模様に見えていたのは、書簡を入れている筒だった。

「あらあら……」

立ち上がって書簡鳥の方へ歩く。鳥は石床で羽をバタバタさせていた。

「紐が絡んでいるわ」

書簡を取り付ける紐が鳥の足と羽に巻き付いている。これでは起き上がれないわねと、ヴィオレッタは解いて鳥を持ち上げた。

「ケガはないかしら」
二、三枚羽が切れているが、見たところ大きな傷はなさそうだ。
「えっと……、あ、あそこだわ」

テラス横に、書簡鳥用の鳥箱がある。そこに入れてやると、鳥はすぐさま嬉しそうにえさ箱をつつき始めた。

「大丈夫そうね。あとは……」

落ちている書簡筒の方に行く。蓋が半開きになっていた。

「ああやっぱり、壊れてしまっているわ」

筒を持ち上げると、半開きだった蓋がだらんと垂れ下がった。中から丸まった書簡が出てきて、すとんっと石床に落ちる。

「あ……」

ヴィオレッタは慌てて手のひら大の書簡を拾い上げた。

「ドラスコス王国の紋章だわ。ファビオさま宛ての書簡ね」

戻して持っていこうとしたが、丸まった書簡の内容が一部目に入る。

「処刑してしまえ……？」

不穏な文章に、思わず書簡を開いてしまう。

「これ……」

＊―＊―＊―＊

愛する息子ファビオ三世へ

今朝アンドルーが、王太子妃とともにメルサナへ出発した。
船で川を下り、国境で馬車に乗り換えるため、到着までに三日ほどかかるであろう。
毒舌で有名な娘を妃にしたとアンドルーから聞いている。
戻ってきたグレイブルも同じことを言っていた。
メルサナ統治のためとはいえ、大変であったろう。
私もとても心配していた。だが、それは杞憂《きゆう》だったようだな。
おまえは娘を上手く利用して、メルサナの統治を首尾良く完了したというではないか。
私はおまえを誇りに思っている。
今後の統治はアンドルーたち夫婦に任せて、ドラスコスに戻ってきなさい。
もしメルサナの娘が邪魔なら、アンドルーに任せて処刑してしまえ。
こちらで素晴らしい令嬢を用意してやろう。
美しくて気立てのいい娘を新たな妃にするといい。
おまえの帰りを待っているよ。

ドラスコス国王　ファビオ二世

＊―＊―＊―＊

短い書状であったが、十二分過ぎるほどヴィオレッタに衝撃を与える内容だった。

「こんな……」

自分が危惧していたことが、そのまま記されている。やはり、最初からずっと、統治のためだけに利用されていたのだ。

（そうよね）

どんなに熱く交わっても、ファビオに愛されているという実感を持てなかった。彼にはどこか醒めているところがあり、ヴィオレッタに対して一歩引いている部分を感じていたのである。

それでも……。

（ここまで冷たく考えられていたなんて……）

処刑という文字が迫ってきて、ぞっとした。しかも、『美しくて気立てのいい娘を新たな妃にするといい』という一文が、同じくらい強い衝撃をヴィオレッタにもたらしている。

手から力が抜けた。

書簡が強い風に飛ばされていく。

ヴィオレッタのラベンダー色の瞳から、涙が溢れ出た。驚くほどの量が頬を伝い、ぽたぽたと足下に落ちていく。

「うっ、く、ううぅ……」

テラスの石床に膝を突き、声を殺しながら嗚咽した。

少し前まで、ファビオの義姉に紹介してもらえると楽しみにしていたのである。幸せに包まれ、明るい未来を感じていた。

けれどそれは偽りで、ファビオの兄夫婦はメルサナの新しい王と王妃になり、ヴィオレッタを処刑するのである。

(こんなことってないわ)

背中を丸めて顔を覆う。

「う……ふっ、うう……」

強い風に吹かれながら、ヴィオレッタは泣き続ける。指の間からこぼれ落ちた涙が石床を濡らした。

しばらくすると……ヴィオレッタは涙を手で拭う。

ゆっくりと立ち上がり、よろけるようにしてテラスから建物の中に入った。

廊下には誰もいない。

侍女や使用人たちは、ファビオの兄夫婦を迎える準備をしているらしい。

(よかった……)

ヴィオレッタは王妃の間の手前にある衣装部屋の扉を開けた。ここは王妃の間からも廊下からも入れるようになっている。

「これが役に立つ日が来るなんて……」

衣装部屋の奥に鎮座している箱を開けた。

ロドリゲスと婚約した際に存命だった前王妃が、ここに連れてきてくれて……。

『これはメルサナの王妃に代々受け継がれている剣です。剣を収めている鞘は、指輪やブローチについているメルサナ王家の紋章を嵌《は》めれば抜けますが、わたくしが抜いたことはありません』

平和なうちは必要のない剣だと教えられた。

今は平和どころか、ドラスコスに制圧されてメルサナ王国は属国扱いである。

「メルサナ王国の最後の王妃として、これを使うのをお許しください」

ヴィオレッタは宝石箱から指輪を取り出すと、剣の鞘に押し当てた。カチッという音がして、剣が少し動く。

「抜けた……」

ぐっと力を込めると、ギラリとした剣の刃が現れる。それを持って、ヴィオレッタはふたたびテラスに戻った。

剣を持ったまま手すりから下を覗き込む。

テラスの下は崖になっていて、ごつごつした岩が転がっている。落ちたら命はない。

ファビオから裏切りの言葉を聞かされて処刑される前に、ヴィオレッタはここから身を投げてしまおうと考えた。

けれど、もし身を投げただけで死にきれないと困る。先に王妃の剣で自分を刺してからにすれば、確実に死ねるだろう。メルサナの最後の王妃としても、威厳を保てる。

ヴィオレッタはテラスの手すりに腰掛け、足を崖側に垂らした。

剣を持ち上げ、喉元に持ってくる。

「さようなら……」

ファビオにもメルサナ王国にも、そして民や貴族たちに対しても、別れのことばを告げた。

不思議ともう涙は出なかった。

すると……。

「やめなさいよ！」

背後から怒声が響き渡る。

(この声……)

横を向いたヴィオレッタの瞳に、シェリーの姿が映った。ずんずんとこちらに向かっている。

「こ、来ないで！」

ヴィオレッタの言葉を完全に無視して、シェリーがやってきた。

「これ！　これを拾ってびっくりして来たのよ！　部屋にもどこにもいないから探しちゃったじゃないの！」

紙をかざして見せられる。先ほど飛んでいった書簡だった。

「それを見たらわかるでしょう？　シェリーの言ったことよりも、もっとひどいことになるのよ……棄てられるだけでなく処刑までされるのなら、先に死んでしまったほうがいいでしょう？」

メルサナの王妃としての矜持を持ったまま死にたいのだと告げる。

「はあ？　何をあっさり死のうとしてるのよ。あんたならその頭と毒舌で、がっつり復讐《ふくしゅう》しなさいよ！　あたしたちを残して死ぬなんてだめよ！」

開いた両手のひらをヴィオレッタに向けて叫んだ。

「シェリーは、嫌いなわたしなど死んだ方がいいと思っているのではないの？」

皮肉を込めて問いかける。

「あたしはあんたが嫌いよ。だけど、生きているから嫌いになれるのよ。死んだらつまんないじゃない！」

トンデモ理論で返してきた。

「あなたの方がずっと毒舌じゃない。わたしがいなくても大丈夫よ。……それにもう、わたしは疲れたの。ロドリゲスとは違って、わたしはファビオのことを愛していたんだなって、その書簡を読んで思い知ったわ。好きな人に裏切られるのは……耐えられないことだということもね……」

そこで再びヴィオレッタの瞳に涙が滲む。

「あの男にそこまで本気だったんだ……でも、男はあいつだけじゃない。この世にはいい男がいっぱいいいるんだから、死ぬことはないわ!」

シェリーらしい言葉で引き止められた。

「ありがとう。最後にあなたの良さがわかったわ……じゃあね」

礼を告げたあと、剣を持ち上げる。

が……。

「え……?」

王妃の剣を持つヴィオレッタの手が、大きな手に包まれていた。手の持ち主はファビオである。

「ここでこんなものを持っていたら危ない。ダメだよ」

剣から手を剥《は》がされた。

「ど……して、ここに?」

驚きの目でファビオを見つめる

「シェリーの大声が執務室にまで聞こえたよ。何かと思って来てみたら……」

ファビオは眉間に皺を寄せて答えながら、剣をシェリーに渡した。

「そしてこれだ」

ヒラヒラと書簡をかざしている。

「君たちが話している間に、この書簡を拾って読んだ。誤解があるようだから向こうで話そう」

「話すことなどないわ。シェリー、剣を返して」

ヴィオレッタはファビオから顔を背けてシェリーを見る。しかしながら、すでにシェリーは離れていて、ファビオと一緒に来ていた側近のハンスに剣を渡していた。

「あなたは勇気があって優しいのだね。王妃さまを説得するなんて、素晴らしいよ」

というようなハンスの言葉が聞こえてくる。シェリーとヴィオレッタとの会話が聞こえる距離ではないが、シェリーが王妃の自殺を止めたのはわかったようだ。

「剣はあとでハンスに持ってこさせるよ。とにかく……」

ファビオが手すりに座っていったヴィオレッタの膝裏と脇へ、素早く手を差し込んだ。

「な……きゃあっ」

横抱きに抱えられる。

「向こうで話があると言ったよね？」

「わ、わたしにはないと、答えたわ」

「あなたのそういう、はっきりしたところが好きだな」

笑いながら歩き出す。

（す……好き？）

これまで褒められたことは沢山あったが、好きだと言われることは少ない。

（でもこれは、恋愛的なことではないことくらい、わかっている）

あくまでも、人としての好みだ。


国王の間に入ると、ファビオは人払いをしてヴィオレッタを長椅子に下ろした。

「この書簡は嘘だから、気にしなくていいよ」

長椅子の横にあるテーブルに、ファビオが書簡を置く。くしゃくしゃで汚れているけれど、『素晴らしい令嬢を用意　処刑してしまえばいい』などの文字が見て取れる。

「これのどこが嘘なの？　ドラスコスの王太子夫妻はメルサナにいらっしゃるのよね？」

長椅子に座ったまま、書簡を睨んだ。

「それは本当だ。嘘なのは、その後だよ」

「あなたの言葉は信じられないわ」

「私よりこの書簡を信じるのか？」

「だって、本当のことでしょう？」

「本当だと思ったから、死にたくなったんだよね」

そうだなというふうにファビオがうなずいている。

「シェリーに言ったこと……聞こえていたの？」

「半分くらいだけれどね。私を愛していたことを、その書簡を読んで思い知ったというような……」

「あ、あれは嘘よ」

「死のうとしていて、最後にそんな嘘をつくとは思えないが？」

鋭い指摘に、ヴィオレッタは返答に詰まる。

「……そうよ……。あなたは嘘つきの支配者だけれど、好きだったわ。あなたにとって利用するだけの存在でも、それでも愛していたし……妃でいられて嬉しかった。でも、あんなふうにはっきり書簡に書かれていて、しかも、いらなくなったら処刑しろだなんて……いくらわたしでも……た、耐えられなかった……」

ヴィオレッタは顔を両手で覆った。枯れたとばかり思っていた涙が、指の間から溢れ出る。

「あなたが妃になったのはすべてメルサナのためで、私に対する愛情などないと思っていたのだが……まいったな……」

困惑の声が聞こえた。

（やっぱり……）

恋愛感情など向けられると困るのだろう。ヴィオレッタは落胆しながらも……。

「う……嬉しかったのよ……初めてお庭で会った時、わたしを認めてくれていた。メルサナが制圧されたあとも、わたしを重用してくれたし……メルサナのために働いてくれて、様々な対策で民を助けてくれたことに、頼もしさを感じて……誰よりも素敵だと……」

「頼りになると思ったのか」

「あなたを好きになっていたと気づいたのは、シェリーとのことを疑った時だったけど……今回のことで、わたしは本気であなたを愛していたんだって……」

そこまで言って、ヴィオレッタは涙を拭いてファビオを見た。

「だから、もういいの。棄てられて処刑されるのなら、せめて、メルサナの最後の王妃としての威厳を保ったまま、自害させてください。シェリーに渡したあの剣は、メルサナ王妃の矜持なの」

訴えながら睨み付けるような視線を向ける。

「そこまで追い詰めてしまっていたとは、なぜ私は気づいてやれなかったのだろう。政務で忙しすぎたせいだな……」

大きな溜息をついたあと、ヴィオレッタを見つめ返す。

「あなたを利用すると父上に言ったのは――本当だ」

ファビオから硬い声で告げられた。

「そう……」

悲しい気持ちでヴィオレッタはうなずく。

「そう言わなければ、ドラスコスの軍隊がこの国を攻撃してめちゃくちゃにした後に、制圧したからだ。私は、あなたの国を傷つけたくなかった」

「めちゃくちゃにすると、制圧後に復興が大変だから?」

ヴィオレッタの問いかけに、ファビオは首を振った。

「あなたを悲しませたくなかったからだよ」

「わたしを？　どうして？」

「メルサナの最高位にいる女性として、王国のすべてを愛しているのだろう?」

ファビオの質問にヴィオレッタはうなずく。

「それで父上に、メルサナへ一気に攻め込んで反撃する隙を与えなければ、簡単に制圧できる。そのあと、王太子の婚約者だった女性を妃にすれば、大きな損害なく国が手に入るだろう。そして、その女性を利用すれば、ドラスコスに忠誠を誓う新しいメルサナ王国となると言ったんだ」

「それは、わかっていたわ。でも、どうしてわたしのためというの?」

「愛する女性を手に入れて、メルサナの王妃にして、未来永劫一緒に暮らすためだよ」

「嘘つき！　あなたのそんな言葉、信じられると思うの？」

「信じてもらえないと思ったから、これまで言っていなかった。でも、私はあなたを愛している。あなたよりも強く、そしてずっとずっと前からね」

「わたしと会ったのは、学院のお庭ででしょう？」

怪訝な表情で問いかける。

「会ったというか……初めて見たのは、あなたがロドリゲスと婚約した三年前だ。我が国に、婚約の報《しら》せと絵が届いた」

婚約した際に、ロドリゲスとヴィオレッタそれぞれの肖像画が何枚も描かれ、国内外に配られた。その絵のことらしい。

「美しく気高いあなたの絵に目を奪われた。こんなに素敵な女性を妃にできるロドリゲスがとても羨ましかったよ。だから、本当はメルサナを襲ったりしたくなかったんだが……」

真剣な表情をヴィオレッタに向けた。

「あの学院で、肖像画に違わぬ美しさを持つあなたを見た。しかもその時に、ロドリゲスがあなたを蔑ろにし、婚約破棄までしてしまっていた」

怒っているような口調になる。

「中庭で初めて会話をした時、あなたは中身も気高く知的で責任感もある。私の理想そのものの女性だった。そして婚約破棄をされたのだから、強引にでも私の妃にしようと決意したんだ」

「なぜそれを、もっと早く言ってくださらなかったの?」

「水路のこともあって、早急にメルサナを制圧しなければならなかった。そんな時に愛の告白なんて、非常識だろ」

「それはそうね」

「しかも、あなたの絵に一目惚《ひとめぼ》れしてからずっと忘れられず、あなたのことを調べ上げ、学院では陰から覗き見していた男なんて、気持ち悪くないか?」

「た……確かに……」

「それもあって、言葉には出せなかった。だけど、この王城で妃になってもらってからは、あなたの意に沿わないようなことや欲望にまかせるようなことはせず、あなたの愛するメルサナを立ち直らせることで、想いを伝えなくてもわかってもらえるように努力したつもりだ」

「それは伝わっていたわ……だからわたしもあなたに愛を感じるようになったのだもの……でもあの書簡で、すべてが信じられなくなった」

ヴィオレッタは首を振る。

「話を元に戻そう。私はあなたよりも自分の父親を騙していた。水路の件でメルサナを制圧し、私が立て直したあとに兄上を新しい国王とすれば、ドラスコスは二つの国を手に入れられるのだと……」

「それは真実なのだから、騙していないのでは？」

「兄上をこの国の王にはしない。ここは私とあなたがずっと統治する。子どもが生まれたら、その子たちに継がせて、ドラスコス王国にはいっさい口を出させない。メルサナは永遠に私たちのものだ」

「お兄さまたちがこれから国王になるべく、いらっしゃるのでしょう？」

「兄上には真実を話してある。私たちを祝福したら、すぐに帰国するよ」

「お兄さまはそれで納得なさるの？」

「当然だよ。王太子の兄にしたら、ドラスコスの国王になるはずがメルサナの国王にされるなんて、嬉しくもなんともないからね」

そうだろう？　というふうに目を向けられる。

「いずれドラスコスの国王にもなるのでは？」

ヴィオレッタは疑心暗鬼な表情で返す。

「父上は、ドラスコスを私に継がせたいんだ。私が亡き母上に似ているから、昔から溺愛していてね。けれど、長男を差し置いて私を王太子にするわけにはいかない。それで兄上をメルサナの国王にして、私をドラスコスの暫定的な王太子にしていずれは王位を譲る気でいたんだ」

兄王太子もファビオもそれを受け入れたフリをして、ドラスコスから多くの資金を出させてメルサナを復興したのだという。

「では、騙されているのはドラスコスのお父さまだけということ? お兄さまがメルサナの王にならずドラスコスに戻られたら、お怒りになるのでは?」

また争いになるのではと、心配になる。

「兄上がドラスコスに戻ったら、父上には引退してもらうことになっている。実は……昨年から足を悪くしていて、このところはほとんど臥《ふ》せっている。そんな寝たきりで我《わ》が儘《まま》な老人に、国の運営を任せるわけにはいかないからね。宰相や重臣たちにも、兄上が即位する承諾を得ているんだ」

「お父さま……なんだかかわいそう」

「大丈夫だよ。引退したらメルサナの王城に近い保養地に来てもらう。そこを私が頻繁に訪れれば、きっとそれで満足してくれるよ」

父王としてはファビオが近くにいてほしいだけなのだという。

「それなら、メルサナの王城にきていただけば。お部屋はたくさん空いているのだし」

「あなたは優しいね。父上はあなたを処分しろと、ひどいことを書いてきたというのに」

ファビオが苦笑する。

「おかげでファビオさまの本心を伝えてもらえたのですもの」

ヴィオレッタは笑顔を返した。

「それでは、私のあなたへの愛を信じてくれたのだね」

「そうね……上手く丸め込まれたのではないかなって、ほんの少し疑っているところもあるけれど……」

悪戯《いたずら》っぽく笑う。

「ふーん」

片眉を上げ、横目で返される。

「それでは……私の愛がどれだけ強くて重いのか、これからわからせてあげよう」

「え？　あ、あの、きゃっ！」

長椅子に押し倒された。

「あなたに嫌われたくなくて、いつもどれだけ我慢しているか……」

言いながらヴィオレッタのドレスに手をかける。

「あの、こ、ここで？」

「これ以上我慢は無理だ」

衿を開かれ、コルセットの紐が素早く緩められる。

「そ、そんなに、早急に、しなくても」

せめてベッドへとヴィオレッタは訴えた。

「ダメだ。あなたがテラスで死のうとした時、どれだけ全身が震えたか……」

「そうなの?」

余裕の笑みを浮かべて立っていたが、そうではなかったのだろうか。

コルセットが開かれ、ヴィオレッタの乳房が現れると、ファビオはそこに顔を埋めた。

「あなたの心と身体を失ったら、私は生きていけなかったよ」

しみじみとした声がする。

「お、大げさだわ……」

「大げさではないよ。まだわかってもらえないんだね」

胸の谷間から顔を上げると、ちょっと恐い顔でドレスを捲《めく》り上げた。素早く下着のドロワが下ろされる。

ファビオの行動は驚くほど素早かった。

ヴィオレッタが止める間もなく、長椅子の上で臨戦態勢に入る。

「あの、そんな、すぐに?」

腰に重なるドレスとパニエ越しに、ファビオに問いかけた。

「もちろん」

ヴィオレッタの膝裏を抱え上げた。

「でもまだ……」

濡れていないと訴える。

「大丈夫だよ。私の方が濡れているからね」

言いながら、ファビオが竿先を押しつけた。ぬるっとしている。

「こ……れ……」

限界まで勃起すると、男性は先走りが滲む。それがかなり多く出ているらしい。

「わかるだろう？」

先端をヴィオレッタの淫唇に擦りつけた。

「あ……ふっ……」

ヌルヌルした感触が淫猥な刺激を運んでくる。

「ふふ、これもいいね」

後ろの孔から前の秘芯まで、竿先で淫唇を往復した。

「あ、ああんっ、か、感じ……る」

たまらない快感に、はしたない声が出てしまう。

「だろう？　私もすごくいいよ」

強弱をつけて、何度も竿先でなぞられた。すると、ヌルヌルが増してぬちゃぬちゃになっていく。

「ふふ、あなたからも蜜が出てきたよ」

ファビオの言葉を聞かなくてもわかっている。

「や、もう……」

恥ずかしくてヴィオレッタは首を振った。

「そうだね。私の我慢もここまでだ」

乙女の秘部の真ん中で竿先を止めると、ぐっと淫唇を開いた。

「あああ」

ヴィオレッタの蜜壺に、ファビオの熱棒が挿入される。

よほどファビオは溜《た》まっていたらしい。

いつもはじっくりと動かすのに、今日は早急に抽送を始めた。

「あ、んん、そんな、すぐに、ああ」

急激に官能の熱を高められる。

しかも、ファビオはヴィオレッタの乳房を掴み、唇を寄せていた。

「はうっ」

ちゅっと乳首を吸われた瞬間、強い快感に全身が震える。

「あなたの中も熱を帯びて私に絡まってきた」

蜜壺の奥がきゅっと締まったのをヴィオレッタも感じた。

「ああ……も……」

官能の頂点へ一気に駆け上がっていく。

「ううっ」

中に出された精の熱さが重なった。

「はぁ……ふう……」

ヴィオレッタを抱き締めたまま、ファビオも息を乱している。

「……ファビオ……さま……」

彼の背中に手を回す。

すると、ゆっくりとファビオが上半身を起こした。

「ああ、やっと落ち着いた」

にっこりと笑っている。

「そう……よか……えっ？」

ファビオの腰が動き、ぬちゅっという水音が聞こえた。

「ここからが本番だよ」

笑顔のまま抽送が始まる。

「ま、まって、今、達ったばかり……あ、あ、あんっ」

落ち着き始めた身体に、官能の刺激を与えられた。

（あ……ああ、中が……）

ふたたび熱が上がってくる。

「私の愛の重さを、しっかり感じてもらいたいからね」

淫らな水音を響かせて、新たな官能の時間が始まった。

長椅子の上で、ヴィオレッタは意識が朦朧とするまでファビオに愛されてしまう。

「も……わかったから……」

ファビオの愛をしっかり体感させられた。

「これからもあなたと一緒にいたいから、ずっと妃でいてほしい」

(好きな人からそんなことを告白されたら、嫌だなんて言えないじゃない!)

ヴィオレッタは心の中で言い返しながら、官能の沼に沈んでいった。

第九章　舞踏会のその前に

舞踏会の当日。

「ねえ。まだドレスを着替えるには早いのでは？」

朝食を終えたばかりのヴィオレッタは、マギーに衣装部屋へと促されて戸惑う。

「お食事後はこのドレスにすぐお着替えしてくださるよう、国王陛下から命じられております」

白地に金の糸を織り込んだ布地で仕立てられている。

「そのドレスは夜会用ではないわね」

「夜会用は後ほどお召し替えなさる際にご用意いたします」

「これから何があるの？」

「わたくしの口からは申せません。ヴィオレッタさまの目でお確かめくださいまし」

マギーはにこにこしながら、侍女たちとともにヴィオレッタの支度を進めていく。

「……？」

首をかしげながらも、マギーが納得していることなら悪いことではないはずだと、ヴィレッタは大人しく彼女らに支度を委ねた。

金糸が燦《きら》めくふわりとしたドレスを身に纏い、銀白色の手袋を着けさせられる。銀色の髪は、いつも以上に豪華な雰囲気に結い上げられた。

「すばらしい。なんて素敵なんだ。まるで天使が舞い降りてきたようだね。ドレスがすごく似合っている」

支度を終えて王妃の間でヴィオレッタと対面したファビオに、賞賛の言葉と感動の眼差《まなざ》しを向けられた。

「これから何があるの?」

「おいで、神殿に行くよ」

「え?　王城の?」

「そうだよ」

メルサナの王城には、神殿が併設されている。記念日の礼拝や大きな行事の際に使われるが、普段は閉じられていた。

(神殿の大扉が開いているわ)

入口までファビオにいざなわれ、初めて見る神殿の内部を見つめる。

白くて山なりの帽子を被った司祭と、司祭と同じ服だが真ん中がへこんだ帽子を被っている者に気づく。

「あの方たちは?」

ファビオに問いかける。

「メルサナの司祭とドラスコスの司祭だよ。二人には私たちの結婚と、メルサナの国王と王妃となるための戴冠式をしてもらうんだ」

「結婚式と戴冠式?」

「そうだよ。承認は、司祭たちの両脇にいるドラスコスの王太子と王太子妃にお願いしてある」

昨日到着したファビオの兄と義姉がにこやかに立っていた。

「ど、どうしてそんなに大切なことを突然言うの? わ、わたし、心の準備も何もしていないわ」

狼狽しながらファビオに訴える。

「驚かせようと思ったのと、緊張させないためもあるけれど……この許状が届くの待っていたんだ」

見せられた書状には、『婚姻承諾書』という題字と、近隣諸国の王のサインが記されている。

「各国の王にサインを入れてもらったこれが、今朝司祭とともに到着した。できれば正式に認められてから、結婚も戴冠式もしたかった」

「以前、ハンスと準備を相談していたのは、このことだったのね」

「そうだよ。内緒でマギーにも力になってもらった」

「みんなでわたしを騙していたのね」

「結婚式と戴冠式をすると言ったのに、許状と司祭が到着していなかったら、それこそ私が騙したことになってしまうだろう？　だから内緒にしていたんだ」

どうだというふうに笑顔を向けられる。

「もう……仕方ないわね。今日だけは許してあげるわ」

笑顔でファビオの腕に掴まった。

「ありがとう」

ヴィオレッタの頬にキスをすると、ファビオは歩き出す。

天井からの光が筋状に差し込む神殿に、二人の司祭と王太子夫妻、そして宰相や重臣たちが居並んでいる。

荘厳な音楽が流れ、合唱隊の歌が響き渡るなか、二人は神殿の中を歩いていく。

まずは結婚の誓いが行われ、司祭たちの前で二人は署名する。次にファビオの戴冠式が行われ、彼の頭上にメルサナ国王の王冠が載せられた。

最後に、ヴィオレッタの戴冠式となる。

王妃のティアラが銀色の髪を飾ると、神殿内にぱあっと光が差し込んだ。

「すばらしい」

「神さまに祝福されている」

「やはりヴィオレッタさまは救国の女神だ」

重臣たちのどよめきと納得の声が響いた。

新王と新王妃の正式な結婚と戴冠式が終了したのち、披露宴を兼ねた舞踏会が夜に開かれた。

王冠を被ったファビオと王妃のティアラを着けたヴィオレッタが大広間に現れると、拍手と喝采が響き渡る。

「なんてお美しい」

「王妃さまのドレスがお似合いですわ」

マーラたちが賞賛の声を発した。

ヴィオレッタは黄金色に輝く豪奢なドレスを纏っていた。フリルと宝石がふんだんに施されていて、動くたびに煌めいている。

「儀式の白いドレスも素敵だったが、王妃のドレスもよく似合うね」

ファビオがヴィオレッタに目を細めて言う。

「ありがとうございます」

これで何度目かしらと思いながらお礼を返した。支度を終えて衣裳《いしょう》部屋に迎えに来てから、ファビオはずっとヴィオレッタを褒めっぱなしである。

「さあ、踊ろう」

ファビオから大広間の中央にいざなわれる。

「ええ」

豪華な二人の軽やかなダンスは、会場内に溜息と賞賛の声をもたらした。

「あたしたちも踊りましょうよ」

シェリーがハンスの手を引っ張る。

「みんなで踊りましょう」

マーラも声を上げると、素早く貴族の男性が手を差し出した。

「ではわたくしたちも」

エミルも婚約者の男性と手を取り合い、ダンスを始める。

大広間で、大勢の貴族たちが楽しそうに踊りの輪を広げていく。

「わしら老人にダンスは無理じゃな」

「でもまあ、メルサナにいい未来が訪れそうじゃないか」

「新国王と新王妃は、強くて良い国にしてくれるだろう」

宰相や重臣たちも二人を認めて祝福した。

結婚と戴冠の披露舞踏会は華やかに催された。

「疲れただろう？」

ファビオから声をかけられる。

ヴィオレッタとファビオが寝室に戻れたのは、深夜になってからだ。

「ええ。でも、皆から祝福されて、嬉しかったわ。あなたのお兄さまとお義姉さまにも認められて、ほっとしました」

「私も、ここまでつつがなく終えられてよかったよ。あとは最後の行事を遂行すれば完璧だ」

「最後になにを？」

「結婚した初めての夜だからね。初夜の儀式だよ」

「そ……それは、今までも……」

していたわよねという視線を向けると、ファビオが美麗な顔を寄せてきた。

「新国王と新王妃の夜は、今宵が初めてだ。もしかして、王妃さまは国王のわたしと褥《しとね》をともにしたくないのかな？」

横目で見られる。

「そんなことないわ！」

ヴィオレッタは否定したが……すぐさまはっとする。

(これって、したいとはっきり言ったも同然じゃない)

自分の言葉のはしたなさに顔が紅潮した。そんなヴィオレッタを見て、ファビオが嬉しそうな笑顔を浮かべている。

「顔が赤いよ」

うつむいたヴィオレッタに囁いた。

「だ、だって……恥ずかしいわ」

「いつ見ても、恥じらうあなたはかわいらしい」

ため息交じりにつぶやき、ヴィオレッタの頬を両手で包む。

「ファビオさま……んっ」

初夜の儀式は口づけから始まった。

触れ合う唇がくすぐったい。

絡まり合う舌は淫らで、背筋がぞくぞくする。

「は……んん……」

強く抱き締められ、苦しいほどに貪られた。

いつにも増して濃く、長く、口づけが続けられる。

そのまま夜着が脱がされていく。

露わにされた乳房が、馴染みのある大きな手に包まれた。

ゆっくりと揉まれ、意識が浮き上がってくる。

今宵のファビオは、とても丁寧に、そして優しくヴィオレッタを愛撫《あいぶ》していく。

「あ、あん……そんなところまで……舐めては……」

全身にくまなく舌を這《は》わせて、足指までしゃぶられた。

「かわいらしくて美味しい。どこもかしこも、絶品だ」

にこにこしながら足からふくらはぎへと舌を這《は》い上がらせる。

「んん、く、くすぐったい」

「あなたはここが感じるよね」

ヴィオレッタの足首を掴んで上げたファビオは、膝裏の敏感なところに口づけた。

ちゅっと吸う音と淫猥な刺激が伝わる。

「あん、だ、だめっ、そこは」

仰向け寝ているヴィオレッタは、銀色の髪を振り乱した。

「ふふ、柔らかなこの内腿《うちもも》もたまらない」

膝裏からさらに足の付け根に向かって舌を這わせ、途中の内腿にも吸い付いてくる。

「はふっ」

淫らな刺激に、鼻から抜けるような声が出てしまった。

「いいね。色っぽい声にぞくぞくするよ。さあ、一番のご馳走《ちそう》を味わわせてもらおうか」

ファビオはヴィオレッタの膝裏に手を当てて持ち上げる。

腰が浮くほど折り曲げられた。

「や、恥ずかしい……」

彼の目の前にヴィオレッタの秘部が露わにされている。何度もそこを舐められたことがあるけれど、毎回強い羞恥を覚えてしまう。

「ヌルヌルだね。ここまで濡れているのは初めて見るな」

嬉しそうに顔を寄せた。

「だ、だって……も……見ないで」

こんなにじっくり時間をかけられたことはない。ヴィオレッタは真っ赤になって首を振る。

「初夜は、愛する妻のすべてを見て味わうのが私の国の作法なんだ。少しだけ我慢しておくれ」

本当なのかと疑いたくなるが、ヴィオレッタに問いかける余裕はなかった。

「蜜がたっぷりだ」

と、淫唇をファビオに舐められたからである。快感を伴った強い刺激が、そこから伝わってきた。

「ああんっ」

背中をのけぞらせて喘いでしまう。

「かわいいね。ヒクヒクするのがたまらない」

舌先で何度も淫唇を刺激された。

「は……あ、……そんな……んん」

恥ずかしい上に焦らされるような快感に苛まれる。

「ずっとこうしてかわいがっていたいな……」

淫唇が動くのを楽しむように、小刻みに舐められた。

「やんっ、そんな……だめ」

「ではどうしたらいい？」

「あ……あなたを」

「私を？」

「ちゃんと……ほしい」

羞恥を堪えて訴える。

「私のこれのことかな？」

持ち上げられていた内腿の裏が、濡れた肉棒に擦られた。

「そう……」

それが欲しいと、ヴィオレッタは潤んだ瞳でファビオを見つめる。

「ずるいな……悶えるあなたをもっとたっぷり堪能してからにしたかったのに……」

頬を赤らめてファビオが睨んできた。

（ずるいって……）

息を乱しながら見返すと、ぐっと淫唇が開かれるのを感じる。ファビオがそそり勃った熱棒を、ヴィオレッタの蜜壺に挿し入んだ。

「ああ……」

圧迫感と熱い官能の刺激を与えられて、ヴィオレッタはふたたび背筋を反らせて喘ぐ。

「すごく濡れていたから、いい具合に挿入《はい》っていく」

ぬぷ、ぬぷ、ぬぷと、ファビオはゆっくり挿入してくる。

「ん、あ、すご……い」

ヴィオレッタは喘ぎながら訴えた。

「すごい？」

「ふ、太い……の」

いつも以上に太いような気がする。蜜壺に彼の竿がぴったりと嵌まっていた。

「あなたへの愛が詰まって、膨張してしまったのだよ」

苦笑しながら答える。

「ん……あ、当たって……る」

蜜壁の感じる場所に熱棒が密着していた。

「大丈夫？　苦しかったり痛かったりしない？」

優しく問いかけられる。

「ん……だ、いじょうぶ」

「我慢しなくていいんだよ。あなたが嫌なら、ここで止めても……」

「だめっ！」

ヴィオレッタは目を開き、ファビオに抱きつく。

「本当に止めなくていいの？　これから奥まで突いてしまうよ？」

抱きついてきたヴィオレッタの耳に問いかけられる。

「い、意地悪……止められないわ」

「私を奥まで欲しい？」

「も……もちろ……っ！」

最後まで答える前に、ファビオがぐっと腰を押しつけてきた。

「はぁ……んっ」

待ち望んでいた刺激と快感が蜜壺の中から発生する。

「あなたの奥がうねっている」

ゆっくり抽送を始めながらファビオが言う。

「す、すご、い、中が、熱いわ」

これまでも、挿れられてすぐに熱が上がったが、今日はそれが大波のように強い。

「いい締まり具合だ。もっていかれそうだよ」

「あん、当たると、あんんっ」

奥に当たるたびに、快感が増していく。

「感じているあなたは、色っぽさもすごいね……ああ、中が絡みついてくる」

「ふ、んん、……やぁ……奥、熱い」

あまりの快感に身体をのけぞらせると、ファビオから手が離れてしまう。

「私も、堪らないよ」

身体が離れたところで、ファビオはヴィオレッタの乳房を掴んだ。腰を使いながら乳首を摘ままれる。

「あん、だめ、それは、ああっ」

強すぎる刺激にヴィオレッタは全身を震わせた。

「うっ、締め付けが……っ」

ファビオが腰の動きを速める。

「――っ！」

ヴィオレッタが快感の頂点に登り詰めた瞬間、蜜壺に熱い精が注がれた。

ヴィオレッタの身体がぎゅっと抱き締められる。

残滓《ざんし》を何度も注ぎ込まれ、そのたびに快感でヴィオレッタは嬌声《きょうせい》を上げた。

「……はぁ……」

ため息のようなファビオの声。

「……」

ヴィオレッタは絶頂の余韻にぼうっとしている。

「あなたのために、いい王になるよ」

耳に届いた彼の優しい声。

「わたしはファビオさまのために、いい王妃になるわ」

「ありがとう」

「メルサナのためにも、いい王家を作りましょうね」

「もちろんだよ」

終章

大陸の端っこにあるメルサナという小さな国は、傲慢な王家と怠慢な重臣たちのために、傾国の一途を辿っていた。民の苦しみに目を向けず、荒廃する国土を放置し、王侯貴族たちは享楽的な遊びに明け暮れていたのである。

近隣諸国にまで悪影響が及ぶようになり、中央にあるドラスコスという大国が乗り込んできた。メルサナ王国は即座に制圧され、荒廃の原因となった国王と王太子はドラスコスに連行されたのちに投獄。重臣たちは任を解かれたのである。

当時、誰もがメルサナは消えると思っていた。

しかしながら、メルサナに残されていた公爵令嬢が、ドラスコスの王子に見初められて王妃となり、その名を残せることになる。

新しいメルサナの国王となったドラスコスの王子は、王妃となった公爵令嬢を溺愛するあまり、自国のことを差し置いてメルサナの復興に尽力する。

そのおかげで、メルサナは豊かで民が幸せに暮らせる国となった。

メルサナ王と王妃の間には、王子と王女がそれぞれ生まれる。

彼らは両親に似て美しく聡明で、王妃のヴィオレッタが教育係に任命したシェリー・アンセル侯爵夫人とともに、王国を統治するにふさわしい人物に育てていく。

彼らが成人する頃には、メルサナはドラスコスよりも裕福な国となった。

二人の子孫が代々王家を継承し、メルサナ王国は幸せの代名詞のような国となり、未来永劫栄えたという。

あとがき

こんにちは、しみず水都です。

このたびは『婚約破棄された毒舌令嬢は敵国の王子にいきなり婚約者にされ溺愛されてますがなにか？』をお手に取っていただき、ありがとうございます。


今回のお話は、西洋ヒストリカル風な世界での恋愛物語です。

始まりは貴族の子女が学ぶ学院。ヒロインのヴィオレッタは気位の高い公爵令嬢。ストレートな物言いで煙たがられ、毒舌令嬢と陰口を叩かれています。

ヴィオレッタの婚約者は、王太子のロドリゲス。彼はワガママな放蕩《ほうとう》王太子です。ヴィオレッタの毒舌に嫌気がさしたからカワイイ下級貴族のシェリーと結婚すると、婚約を破棄してしまいました。

ここで痴話喧嘩のようなことが繰り広げられるはずだったのですが……。

なんと、ヴィオレッタたちの国は大国のドラスコスに攻め込まれ、あっという間に制圧されてしまいます。

ヴィオレッタと王太子は、貴族学院の生徒たちとともに捕らえられました。新たにやってた支配者はドラスコスの王子で、学院の生徒を助けるのと引き換えにヴィオレッタの身体を要求してきて……。

という婚約破棄で始まったのに戦が始まり、敵国に捕らわれ、どんないきさつとエピソードでタイトル通りになるのか、ダメンズ王太子や横取り令嬢がどうなるのか……など、楽しみながら読んでいただけたらと思います。

お話の主軸はヴィオレッタと敵国の王子ファビオとの恋愛関係ですが、脇役もいい感じに活躍してくれました。

ロドリゲス王太子は、書いていても『怒！』っていう顔になってしまうクズっぷり。婚約者横取り令嬢のシェリーは、なんかこう半端ない強かさで、だんだん憎めなくなってくる不思議な魅力があります。

すでにお読みになった方は、同じように感じていただけたのではないでしょうか。まだお読みでない方は、そこも楽しんでいただけたらと思います。

イラストを担当してくださった深山キリ先生。お忙しいなか、お時間を割いてくださりありがとうございます。

担当してくださいました編集さま。今回もアドバイスをありがとうございます。お互い健康第一で頑張っていきましょう！

そして、お読みいただきました皆さま。今回のお話はいかがでしたでしょうか。どちらに肩入れしたぶんヴィオレッタ派とシェリー派に分かれるのではないかと思います。どちらに肩入れしても、楽しんでいただけたらいいなあと思います。

これからも応援よろしくお願いいたします。

しみず水都

蜜猫 Mitsuneko Label F

蜜猫F文庫をお買い上げいただきありがとうございます。
この作品を読んでのご意見・ご感想をお聞かせください。
あて先は下記の通りです。

〒102-0075 東京都千代田区三番町 8 番地 1 三番町東急ビル 6F
(株)竹書房　蜜猫F文庫編集部
しみず水都先生 / 深山キリ先生

婚約破棄された毒舌令嬢は敵国の王子にいきなり婚約者にされ溺愛されてますがなにか？

2024 年 3 月 29 日　初版第 1 刷発行

著　者　しみず水都
発行所　株式会社竹書房
〒102-0075
東京都千代田区三番町 8 番地 1 三番町東急ビル 6F
email : info@takeshobo.co.jp
https://www.takeshobo.co.jp
デザイン　antenna
印刷所　中央精版印刷株式会社